Lesen macht Spaß!

Dieses Buch gehört:

Emma Krapf

Wir freuen uns, wenn du noch viele andere Bücher liest.

Rotary Inner Wheel

Mit dem Projekt „LLLL- Lesen lernen- Leben lernen" möchten die Rotary - und die Inner Wheel- Clubs einen Beitrag zur Leseförderung in Deutschland leisten.

Rotary ist eine internationale Organisation, die sich dafür einsetzt, dass alle Menschen zu ihrem Recht kommen und Frieden zwischen ihnen wachsen kann.

(www.rotary.org/de)

Das Projekt wird außerdem unterstützt vom BVK Buch Verlag Kempen.

BVK LESEwelten

Bibliografische Information der Deutschen Bibliothek
Die Deutsche Bibliothek verzeichnet diese Publikation in der Deutschen Nationalbibliografie; detaillierte bibliografische Daten sind im Internet über http: / / dnb.ddb.de abrufbar.

www.buchverlagkempen.de

3. Auflage, Kempen 2020

Nach der neuen deutschen Rechtschreibung

Lektorat: Hildegard van der Gieth, BVK / Silke Krome, BVK
Umschlaggestaltung: BVK, unter Verwendung der Fotos von © stock.adobe.com, Marie Fenske, Solingen (Vogel)
Gestaltung: BVK
Illustrationen: Marie Fenske, Solingen
Fotos und Fotocomposing: Jo Hillebrecht, Köln

Druck / Bindung: GrafikMediaProduktionsmanagement GmbH, D-Köln

Printed in Europe

Best.-Nr.: LI116, ISBN 978-3-86740-893-6

INHALTSVERZEICHNIS

Widmung

Für Anne und Alexander
und für Diana und Muamer

In den 90er Jahren herrschte in einem Teil Europas Krieg. Manche Menschen konnten fliehen. Sie kamen nach Deutschland, um zu überleben. Alle hatten Angehörige durch den Krieg verloren: Mütter, Väter, Brüder und Schwestern.
Sie wohnten in meiner Nachbarschaft und wir freundeten uns an. Die Kinder malten mit mir in meinem Garten und in meinem Haus. Wir feierten zusammen Weihnachten, obwohl sie alle muslimischen Glaubens waren und das Weihnachtsfest eigentlich in ihrer Religion gar nicht gefeiert wird.
An dem Tag, als die Kinder wieder in ihre Heimat zurück mussten, machte mir der achtjährige Muamer ein Geschenk. Er schenkte mir seinen wertvollsten Schatz: Das Relief-Bild eines Pferdes, das sich mit geblähten Nüstern aufbäumt und dessen Mähne im Wind weht – stolz und stark.

Marie F.

Einige Figuren aus dem Buch stellen sich vor:

Nima

Nima wurde in Gambia geboren und hat dort lange Zeit mit ihren Eltern gelebt. Jetzt wohnt sie mit ihrer Mutter in Deutschland in der Stadt Blütenberg. Nimas Vater ist in Gambia geblieben und möchte seine Tochter zurückholen. Das gefällt Nima gar nicht, denn sie möchte bei ihrer deutschen Mutter bleiben.

Leon

Leon ist ein Junge aus Nimas Klasse. Seine Eltern müssen viel arbeiten, deshalb haben sie wenig Zeit für ihn. Leon hat immer das neueste Handy und die angesagtesten Klamotten. Er ist oft wütend und lässt seine Wut an anderen aus, besonders an Nima.

Jonathan

Er lebt auf der Straße in Domstadt, weil er es zu Hause nicht aushält. Sein Stiefvater hat ihn geschlagen, deswegen ist Jonathan abgehauen. Auf der Straße hat er gelernt, Gefahren aus dem Weg zu gehen. Jonathan hat ein besonderes Talent: Er schreibt wunderschöne Gedichte.

Sara

Nimas beste Freundin heißt Sara. Ihr Markenzeichen ist ihre knallig bunte Brille. Sara ist witzig und bringt Nima immer zum Lachen. Die beiden gehen in die gleiche Klasse und sind gern gemeinsam draußen unterwegs.

Niko

Seine Eltern stammen aus Griechenland, aber Niko wurde in Deutschland geboren. Er versteht sich mit allen gut, außer mit Leon. Die beiden geraten ständig aneinander. Niko ist sehr hilfsbereit und mag es nicht, wenn andere ungerecht behandelt werden.

Oleg

Olegs Familie stammt aus Russland. Weil seine Eltern meistens in der Nachtschicht arbeiten müssen, ist er oft allein zu Hause. Oleg fühlt sich häufig einsam, weil er in der Klasse außen vor bleibt. Doch seit er bei Herrn Polle Geige spielen lernt, geht es ihm besser.

1. MONTAGNACHT

Endlich! Leon war draußen. Die Alarmanlage der Hintertür seines Elternhauses hatte keinen Mucks von sich gegeben. Eigentlich war sie dafür da, dass niemand unerlaubt ins Haus kam. Nachts war das Rauskommen aber genauso schwierig, wenn die Anlage eingeschaltet war. Sie hätte jeden Moment losgehen können, und Leons Plan wäre dann sofort gescheitert. Leon war sauer. Der ganze Aufwand nur wegen eines Mädchens. Aber es half alles nichts, er musste eine Lösung finden.

Leon hatte Nima auf dem Kieker, und er quälte sie, wo er nur konnte. Das wusste inzwischen jeder. Am Anfang sah es so aus, als mache es ihr gar nichts aus. Aber gestern hatte er sie weinen sehen, nachdem er ihr die Kette geklaut hatte, die neben ihren Kleidern in der Umkleide lag. Diese Kette war für sie nämlich etwas ganz Besonderes. Hätte er sie doch bloß liegen lassen, dann wäre Nima vielleicht nicht verschwunden.

An dem Tag, als Nima neu in die Klasse kam, wusste Leon, dass es Ärger geben würde. Das Mädchen passte ihm nicht in den Kram. Kaum betrat sie den Klassenraum, hatte sie die gesamte Aufmerksamkeit. Eigentlich tat sie gar nichts, aber das war es ja gerade. Ihr Nichtstun war so besonders, dass es jeden dazu herausforderte, immer zu ihr hinzusehen. Leon dagegen mühte sich den ganzen Tag, um von jedem gesehen zu werden. Das gelang ihm auch, aber dafür musste er eine Menge Mist bauen. Immerzu musste er sich etwas einfallen lassen, womit er die Leute nervte.

Nima war anders als die Kinder, die Leon kannte. Ihre dunkle Haut bildete einen spannenden Kontrast zu ihren blauen Augen. In ihren dunkelbraunen Locken trug sie eine mit Sternen verzierte Haarspange. Manchmal lächelte Nima, aber nie lange. Das Lächeln huschte eigentlich nur über ihr schmales Gesicht und verschwand jedes Mal genauso schnell wieder. Wenn sie den Flur entlangging, hatte sie die aufrechte, lässige Haltung einer Königin. Jedenfalls stellte Leon sich so eine Königin vor.
Und noch etwas fiel Leon auf. Nimas Kleider waren alt und die Stoffe ausgeblichen. Ihre Hose

reichte nicht mal mehr bis zu den kaputten Turnschuhen. Bestimmt trug sie die Sachen schon lange. Das war bei den meisten Kindern, denen es ähnlich ging, ein schwacher Punkt. Und diese Schwachstelle nutzte er bei Nima aus. „Arme Leute nerven, kaputte Kleider stinken“, zischelte Leon, wenn Nima in seiner Nähe auftauchte. Leon hasste es auch, dass Nima blitzschnell Fliegen mit der bloßen Hand fangen konnte. Das hatte er schon tausendmal versucht, aber es war ihm nicht gelungen. Deshalb hatte er in der Zoohandlung eine ganze Box voller Fliegen gekauft und sie in der Klasse losgelassen. Alle hatten sich geekelt und er hatte triumphierend gerufen: „Das war die Fliegenkönigin!“ Leon ärgerte Nima, wann immer er konnte. Nie ließ er sie in Ruhe. Er hatte es übertrieben. Zusammen mit allem anderen, was Nima erleben und aushalten musste, war es zu viel geworden. Nima war abgehauen.

2. Zwei Stunden zuvor: Leon fliegt auf

Es war schon spät, als es an der Haustür von Leons Familie klingelte. Der Junge hatte befürchtet, dass heute noch irgendetwas passieren würde. Als seine Mutter die Tür öffnete, hörte Leon eine Frauenstimme sagen:
„Guten Abend, mein Name ist Emm, Eva Emm, Kriminalpolizei. Das ist mein Kollege, Herr Gabriel."
„Kriminalpolizei? Ist was passiert?", fragte Leons Mutter erschrocken.
„Sie sind Frau Erdmann?"
„Ja, die bin ich."
„Haben Sie einen Sohn, der Leon heißt?"
„Ja, Leon ist unser Sohn. Wollen Sie etwas von ihm?"
„Wir möchten mit ihm sprechen."
„Die Polizei? Worum geht es denn?"
„Können wir bitte hereinkommen? Das möchten wir hier draußen nicht erklären", sagte die Frau.
Schnell wollte Leon über die Treppe nach oben verschwinden, als die Kriminalkommissarin schon den Flur betrat. Sie wurde von einem Polizisten in Uniform begleitet.
„Hallo, bist du Leon?", fragte die Kommissarin und verhinderte Leons Fluchtversuch.
„Ich? Äh …", stotterte Leon und schaute sich um.
„Sonst ist ja keiner da", bemerkte Frau Emm.

Die Polizisten gingen zusammen mit Leon ins Wohnzimmer und stellten sich dem Vater vor.
Herr Erdmann war sehr verwundert: „Bitte, was möchten Sie von Leon?“ Aber Frau Emm wandte sich direkt an den Jungen: „Leon, aus deiner Klasse ist ein Mädchen verschwunden, sie heißt Nima“, begann sie ihre Befragung.
„Ach, echt?“ Leon tat überrascht.
„Wir glauben, dass du uns dazu etwas sagen kannst.“
„Iiich, wieso?“ Leon wurde knallrot.
„Was soll denn Leon mit dem Verschwinden eines Mädchens zu tun haben?“ Leons Vater mischte sich ungeduldig ein.
„Wir haben von Mitschülern gehört, dass Leon mit Nima Streit hatte. Nun ja, und dass er sie gemobbt hat.“ Der Polizist sagte das fast beiläufig.
„Gemobbt? Aber Leon macht doch so was …“
Weiter kam Leons Mutter nicht, sie wurde von Frau Emm unterbrochen. „Nach dem Diebstahl ihrer Halskette wollte das Mädchen nicht in die Schule zurück. Zu Hause ist sie auch nicht. Also, Leon?“
Nun wurde es unangenehm. Die Kommissarin und Herr Gabriel waren unnachgiebig. Mit ihren vielen Fragen schafften sie es, dass Leon mit der Wahrheit herausrückte. Der Junge musste vor seinen Eltern gestehen, was er angestellt hatte. Alles kam heraus, die Beleidigungen, das Beinchenstellen und der Diebstahl der Kette.

„Na, dann mal her mit der Kette, die du Nima weggenommen hast“, Herrn Gabriels Stimme klang streng.
„Lassen Sie meinen Sohn in Ruhe!“, schimpfte Frau Erdmann aufgebracht.
Der Vater schimpfte auch, allerdings hörte sich das anders an als bei Leons Mutter. „Wenn du nicht sofort dein Diebesgut herholst, dann kommst du aus dem Ärger gar nicht mehr heraus. Ich sollte sowieso strenger mit dir sein.“
Missmutig zog der Junge die Kette aus seiner Hosentasche und überreichte sie dem Polizisten.
Leons Mutter schnappte nach Luft und Herr Gabriel sah den Jungen mit einem ernsten Blick an. „Du bist ja wirklich kein unbeschriebenes Blatt in deiner Schule.“ Der Polizist schaute Leons Vater vielsagend an. „Ich finde, dass einmal genau beobachtet werden sollte, was du den ganzen Tag so treibst. Und das hier ...“, ergänzte er und hielt die Kette hoch, „das hier wird Folgen haben.“
Eva Emm wandte sich zur Tür. „Gabriel, wir gehen“, sagte sie, „aber wir kommen wieder. Zuerst müssen wir Nima finden und zu ihrer Mutter bringen.“
„Ach ja, und noch etwas“, Herr Gabriel drehte sich um. „Leon, überlege dir, wie du das wieder in Ordnung bringst, wenn Nima wieder da ist.“

Es trat peinliche Stille ein. Und tief in seinem Inneren hoffte Leon, dass seine Eltern demnächst tatsächlich öfter mal zu Hause wären, weil sie ihn ja beobachten sollten. Aber es kam anders.
„Hausarrest!“, knirschte sein Vater. „Eine ganze Woche!“
„Eine ganze Woche?“, maulte Leon entsetzt.
„Sofort gehst du auf dein Zimmer! Und da bleibst du, unter Aufsicht“, donnerte der Vater.
Das konnte Leon sich lebhaft vorstellen. Es würde wieder dieser alte Opa von nebenan kommen und auf ihn aufpassen. Der erzählte pausenlos von alten Zeiten, vom Krieg, vom Angeln oder von irgendeinem anderen Kram.

Seine Eltern blieben nach dem Besuch der Polizisten im Wohnzimmer und stritten sich. Das taten sie eigentlich immer. Meistens wegen Leon. Und Leon fragte sich, ob sie noch streiten würden, wenn er nicht mehr da wäre. Es war unerträglich. Die Eltern waren jeden Tag erst spät am Abend zu Hause. Das Wichtigste für sie war nämlich das Geldverdienen. Dann sagten sie auch noch: „Wir arbeiten so viel, damit es dir gut geht.“
Leon bekam von seiner Mutter alles, was er wollte: das neueste Handy, Filme, Markenklamotten. Sein Vater war meistens anderer Meinung, und dann stritten seine Eltern wieder. In solchen Situationen

verzog sich Leon irgendwohin. Lieber hätte er mit seiner Mutter geredet, mit ihr Pizza gebacken. Oder er wäre mit seinem Vater ins Kino oder auf den Fußballplatz gegangen. Das machten andere Väter, er hatte es gesehen. Auch Nima hatte er mit ihrer Mutter gesehen, als sie zusammen durch den Stadtpark gelaufen waren. Sie hatten gemeinsam gelacht und ein Eis gegessen. Beim Gedanken daran wurde Leon traurig, aber auch richtig wütend. Gut, dass er in der Schule so richtig Dampf ablassen konnte.

3. Leon trifft eine Entscheidung

Hausarrest, schon wieder! Leon hielt es in seinem Zimmer nicht mehr aus. Nima war tatsächlich abgehauen. Er ahnte auch wohin, aber das hatte Leon vor den Polizisten für sich behalten. Wenn *er* sie finden würde ... Er zog die Bettdecke nach oben und stopfte ein paar Klamotten darunter. Jetzt sah das Bett so aus, als ob er darin läge und schliefe. Auf Socken, die Schuhe in der Hand, schlich er durch das stille Haus bis zur Terrassentür.

Nur nicht die Eltern wecken, dachte er und schob vorsichtig die Tür nach draußen auf. Es war Frühsommer und angenehm warm. Ein leichter Wind wehte den Duft der blühenden Sträucher herüber.

Noch nie war er nachts allein draußen gewesen. Aufgeregt schaute er sich vorsichtig um, zog seine Schuhe an und trat von der Terrasse auf den Rasen. Schlagartig flammte grelles Licht auf. Den Bewegungsmelder hatte er ja völlig vergessen. „Mist!“, stieß Leon erschrocken aus. So schnell er konnte lief er an der Hauswand entlang bis zu den Büschen. Dort blieb er dicht an den Boden geduckt sitzen, bis die Lampen wieder erloschen. Keiner hatte ihn bemerkt. Hinter dem Zaun knurrte nur der Hund der Nachbarn. „Ruhig, Nabuko“, flüsterte er dem großen schwarzen Schäferhund zu. „Sei still!“ Der Hund schaute ihn aus dunklen Augen an und trollte sich.

Leon kroch durch die Büsche bis zur Straße und sah sich nach allen Seiten um. Kein Mensch war zu sehen. Er stand auf, klopfte sich die Erde von der Hose und ging los. Es war weit bis zum Fietschenwald.

Unheimlich kam ihm die Straße im trüben Schein der Laternen vor. Nur aus wenigen Fenstern der Häuser drang Licht. So ruhig hatte Leon seine Heimatstadt noch nie erlebt. Blütenberg war tagsüber eine lebhafte, laute Stadt. Autos füllten die Straßen und viele Menschen liefen eilig durch die Innenstadt. Jetzt lag alles so still im Dunkeln, dass seine eigenen Schritte ihm merkwürdig laut und fremd vorkamen. Er lief durch die Kapellenstraße und spähte kurz durch den Zaun des Hauses mit der Nummer 11. Hinter dem linken Fenster im Erdgeschoss lag jetzt sein Klassenkamerad Niko im Bett und schlief vermutlich tief und fest.

„Blödmann!" Leon fluchte vor sich hin. Niko hatte ihn erwischt, als er in der vergangenen Woche sein Handy in Nimas Tasche hatte fallen lassen, während er rief: „Die da hat mir mein Handy geklaut!"
„Du lügst, wie immer!", hatte Niko gebrüllt. „Ich hab gesehen, wie du das Handy in Nimas Tasche geworfen hast."
Niko hatte vor Wut die Fäuste geballt. Er konnte Leon so gut leiden wie Bauchweh. Zornig waren die Jungen aufeinander losgegangen.
Hämisch hatte Leon geblafft: „Du weißt ja noch nicht mal, wann Weihnachten ist, du blöder Grieche! Du bist ja verknallt in diese ..." Weiter war er nicht gekommen.
Frau Inemann hatte vor ihm gestanden. Den wachsamen Augen der Lehrerin entging fast nichts. Und sie war absolut sozial eingestellt. Immer wollte sie, dass man jemandem half, sich gut benahm, nicht störte und pünktlich zum Unterricht kam. Und das Schlimmste: Sie redete mit den Eltern, wenn es ihrer Meinung nach notwendig war. Das passierte bei Leon oft.
„Du gehst sofort zu Nima und entschuldigst dich bei ihr!" Die Klassenlehrerin kannte keine Gnade bei solchen Sachen.
Leon war aufgestanden und hatte sich vor Nima aufgebaut. Mit einer Hand auf dem Rücken hatte er den Zeigefinger mit dem Mittelfinger gekreuzt.

Als er sprach, hatte er so viel Verachtung in seine Stimme gelegt, wie er nur konnte: „Tut mir leid, Fräulein Nima."
Nima hatte schweigend das Handy aus ihrer Tasche genommen und auf ihren Tisch gelegt. Dann hatte sie ihn angesehen. Ganz kurz, aber dieser Blick hatte es in sich gehabt. Blaue Augen mit braunen Sternchen darin. Tief und fest war der Blick, und hinter den Sternchen war noch was, etwas Trauriges.
Leon schaute zu Boden. Er schämte sich, dass er wegen eines Mädchens den Blick hatte senken müssen. Das konnte er nicht auf sich sitzen lassen. Er würde sich rächen. Bei nächster Gelegenheit würde er ihr ein Bein stellen. Zack – so aus dem Nichts heraus. Blitzschnell würde das gehen. Nima würde im Dreck liegen und alle würden lachen. Allerdings müsste er das so hinkriegen, dass Frau Inemann es nicht sah. Leon war so aufgeregt, dass er vergaß, sein Handy einzustecken. Er ließ es auf Nimas Tisch liegen.

Immer weiter lief Leon durch die nächtliche Stadt. Direkt vor ihm lag jetzt der Stadtpark. Der war ihm unheimlich. Er hatte gehört, dass dort immer wieder Überfälle stattfanden. Deshalb lief er so schnell er konnte am Rand des Parks zur nächsten Häuserzeile, hechtete vorbei an den niedrigen

Balkonen der Häuser der Büscherstraße und gelangte zum Schwimmbad. BLUMENBAD stand über dem Eingang des grünen Gebäudes. Direkt daneben, in der Winkelburg, wohnte Thilo, der friedliche große Junge aus seiner Klasse. Er hatte sich noch nie geprügelt. Noch nicht einmal, als ihm jemand den Ranzen auf den Kopf gedonnert hatte. Thilo redete bloß dauernd irgendetwas von Friedfertigkeit und menschlichen Tugenden, fast wie der Opa von nebenan. Thilo war mutig und unerschütterlich. Am liebsten hätte Leon ihn herausgerufen, um jemanden an seiner Seite zu haben, wenn er jetzt in den dunklen Wald ging. Er traute sich aber nicht und lief weiter, immer weiter bis zum Stadtrand.

4. MONTAGNACHT IM FIETSCHENWALD

Von der hohen Buche, dort, wo der schmale Pfad aus dem Wald in die Straßenkreuzung mündete, rief ein Waldkauz in die Nacht hinaus: „Hu, huhu, huhu." Leon bekam am ganzen Körper eine Gänsehaut. Das war gespenstisch. Mit steifen Beinen betrat er den erdigen, holprigen Pfad, der hoch zu dem Berghang führte. Mitten im dichten Fietschenwald lag die tiefe Steinhöhle mit den Malereien an den Wänden. Dort wollte er hin.

In der Ferne hörte Leon die Kirchturmuhr. Sie schlug Mitternacht. Er zählte mit. Zwölf Mal trug der Sommerwind den Klang der Glocken herüber. Im Schein seiner Taschenlampe tastete er sich Schritt für Schritt weiter. Die dichten Bäume und die Wolken vor dem Mond nahmen ihm die Sicht. Er atmete erleichtert auf, als er endlich die vertraute kleine Brücke erreichte. Sie führte über den Bärenbach. Hier spielte er tagsüber oft mit anderen Jungs, wenn er gerade mal keinen Streit mit ihnen hatte. Der Bach teilte sich an dieser Stelle. Eine Hälfte des Baches floss um die Südseite des Waldes herum, die andere Hälfte ergoss sich in einen langgestreckten Teich. In diesem Teich lagen mehrere Inseln. Auf ihnen hatten Künstler Figuren aufgestellt, wie

überall im Fietschenwald. Am Ufer quakten unzählige Frösche. Sie veranstalteten einen Riesenlärm: „Quak! Quak! Quakquak!"
Leon schaute zu den Figuren hinüber. Im Mondlicht sahen sie fast lebendig aus. Leon atmete tief durch, ließ sie nicht aus den Augen. Schnell erreichte er die hölzerne Treppe, die hinauf zur Höhle führte. Plötzlich raschelte es im Laub. Leon erschrak, stolperte und fiel hin. Im Schein seiner Taschenlampe flitzte eine kleine Maus frech vor seiner Nase herum. Sie sah ihn neugierig mit ihren Knopfaugen an. Leon fluchte leise: „Scheiß Maus!"

Ganz oben, am Ende der Treppe, lag im fahlen Mondlicht die Höhle.
„Ist das düster", murmelte Leon.
Unsicher blieb er auf der letzten Stufe stehen und starrte auf den Höhleneingang. Eigentlich traute er sich nicht dort hinein. Aber er musste nachsehen, ob Nima hier war. Der strenge Blick von Herrn Gabriel saß ihm im Nacken. Also gab er sich einen Ruck und ging vorwärts. Das Herz schlug ihm bis zum Hals. Seine Hand umklammerte fest den Griff der Taschenlampe, als er die Höhle betrat. Zittrig tanzte der Lichtschein auf den Wänden umher, die Malereien schienen lebendig zu sein. Plötzlich bemerkte er etwas hinten am Ende der Höhle. Da war doch jemand. Vor Schreck schrie Leon auf:

„AAAAHHHH!"
Vom Ende der Höhle kam ein zweiter Schrei: „AAAAHHHH!"
Zwei Kinderstimmen schrien gleichzeitig.
Leon richtete den Lichtstrahl der Taschenlampe auf das Ende der Höhle. Und da war sie: Nima!
Sie saß in eine Decke eingerollt auf dem Boden und starrte ihn entsetzt an.
„Was machst du hier?!", brüllte sie ihn an.
„Und was machst *du* hier?", schrie er zurück.
Nima sprang auf und raffte ihre Sachen zusammen, den Ranzen, den Turnbeutel und ihre Decke.

„Hau ab, du!“ Sie versuchte, an ihm vorbeizukommen, aber die Höhle war zu eng.
„Ich will dir doch nur …“, brachte Leon heraus.
„Du bist so gemein!“ Nima schluchzte.
So hatte Leon sie noch nie gesehen. Es ging ihr wirklich schlecht.
„Das, das … ich wollte …“ Leon bekam einfach nicht heraus, was er sagen wollte.
„Was noch?“ Nima zwängte sich an ihm vorbei, um zum Höhlenausgang zu kommen.
„Bleib hier!“, schrie Leon und klammerte sich an das Bündel mit den Sachen, die sie sich unter den Arm geklemmt hatte.
„Lass mich!“, schrie Nima zurück. Sie riss sich los und rannte davon.
Leon hielt etwas umklammert, das sich aus Nimas Bündel gelöst hatte. Es war ihre Decke. Er lief hinter Nima her. In der Eile bemerkte er nicht, dass er die Taschenlampe verlor.
„Ich will dir helfen!“, rief er in die Nacht hinaus.
In diesem Moment schob sich die Wolke, die bisher den Mond verdeckt hatte, ein Stück weiter. Klares Mondlicht erhellte die Nacht. Leon sah Nima, wie sie zwischen den Bäumen stand und zurückblickte.
„Ich glaub dir nichts!“, schrie sie, drehte sich um und verschwand zwischen den Bäumen. Etwas Helles, Glänzendes blitzte auf und fiel zu Boden.

Da schob sich erneut eine Wolke vor das Mondlicht und es wurde wieder dunkel.
„Nima!“, rief Leon. „Nima, lauf nicht weg!“ Er stolperte noch ein paar Schritte in die Richtung, in die Nima verschwunden war, aber sie war weg. Da! Was war das? War da ein Handy zu hören? Es kam Leon so vor, als sei es der Ton seines eigenen Handys, das er schon überall gesucht hatte. Wo hatte er es nur liegen lassen? Angestrengt lauschte er, aber es war wieder still.
Leon lief in Richtung der Brücke zurück. Im Halbdunkel der Nacht verfehlte er den Pfad neben dem Froschteich um Haaresbreite und landete mit einem lauten Platschen im Wasser. Mühsam watete er klitschnass aus dem Teich heraus. Die nasse Decke schleppte er hinter sich her. Was sollte er damit nur machen? Er brauchte ein Versteck, in dem niemand die Decke finden würde. Spontan entschied er, sie unter die kleine Brücke zu stopfen. Aber das war nicht seine größte Sorge. Nima war jetzt allein da draußen. Und sie hatte nichts, womit sie sich zudecken konnte. Er drehte sich um und rief in den Wald hinein: „Nima! Komm doch mit mir nach Hause!“
„Quak!“, tönte es als Antwort aus der Decke, sonst war alles still.

5. Dienstagmorgen: Nima ist verschwunden

Frau Inemann stand vor der Klasse. Außer ihr blickten noch vier andere Erwachsene auf die fünfundzwanzig Kinder im Raum: Herr Gabriel, Frau Emm, Nimas Mutter und Herr Polle. Herr Polle war der junge Referendar, der seit einiger Zeit den Unterricht begleitete. Alle Kinder liebten ihn. Er hatte für alles ein offenes Ohr, war immer gut gelaunt, trug seine langen Haare zu einem Zopf gebunden und lachte auch mal über Streiche, die die Kinder machten. Heute aber stand Herr Polle sehr ernst neben den anderen Erwachsenen vor der Klasse.

„Wie ihr seht, haben wir heute Besuch“, begann Frau Inemann. Sie stellte Nimas Mutter, Johanna Oz, Herrn Gabriel und Frau Emm vor.

„Herr Gabriel und Frau Emm sind hier, weil sie uns um Hilfe bitten. Gestern hat Nima ihrer Mutter eine Nachricht hinterlassen. Nima will nicht mehr nach Hause und auch nicht in die Schule kommen. Sie hält es nicht mehr aus.“

In der Klasse entstand unruhiges Gemurmel. Alle schauten auf den leeren Platz neben Sara, wo sonst Nima saß.

„Was hält sie denn nicht mehr aus?“ Sofie wollte wie immer sofort alles ganz genau wissen.

Sofie war dünn, schwarzhaarig, klein, hibbelig und außerdem die Klassenbeste. Sie trug gern schlabberige T-Shirts, rosa Turnschuhe und zu lange Hosen. Und sie quatschte den ganzen Tag, meistens mit sich selbst. Sie stellte sich immerzu Fragen und beantwortete sie auch selbst. Sie konnte einfach nicht leise denken. Das Problem war, dass sie ununterbrochen dachte.

„Das weiß hier doch jeder, was Nima nicht aushält!“, zischte Sara wütend und warf Leon einen giftigen Blick zu.

Die blonde Sara Meyer war Nimas beste Freundin. Die beiden waren unzertrennlich, und wenn sie zusammen über den Schulhof gingen, sah das lustig aus. Sara war klein, und sie trug eine bunte Brille. Eigentlich brauchte sie gar keine Brille, aber sie fand das Gestell so schön, dass sie immer damit herumlief.

„Die Brille ist schöner als Ohrringe“, meinte sie, wenn man sie darauf ansprach.

Eigentlich war Sara meistens gut gelaunt, aber jetzt waren ihre Wangen hochrot und es liefen Tränen darüber. Sie weinte vor Wut. Das passierte regelmäßig, wenn ihr etwas ungerecht vorkam. Das trieb ihr die Tränen in die Augen.

Leon nannte sie immer Heulsuse. „Pass mal auf, dass dein Kopf nicht leerläuft, ich hab gehört, dass in den Köpfen von Mädchen nur Wasser drin ist,

hahaha!“, rief er dann böse.
Sara hatte sich geschworen, dass er diese Gemeinheiten eines Tages bereuen würde. Ihr würde bestimmt etwas einfallen. Aber jetzt ging es erst einmal darum, Nima wiederzufinden.
Frau Inemann fuhr fort: „Wir lassen zuerst Nimas Mutter etwas sagen, bitte, Frau Oz.“
Johanna Oz sah anders aus als die meisten Mütter. Sie wirkte sehr jung. Aber das allein war es nicht, was sie anders erscheinen ließ. Eine ganze Reihe von Armreifen bedeckte ihre schmalen Handgelenke, und wenn sie sich bewegte, klimperten sie leise. Ihre Haare fielen in langen, blonden Locken über die Schultern. Im Gegensatz zu Nima hatte sie ganz helle Haut. Und als sie in die Klasse blickte, sahen ihre strahlend hellen Augen so aus, als suchten sie ihre verschwundene Tochter in jedem Winkel.
Ihre Augen sind so hell wie die von Nima, dachte Leon.
Frau Oz räusperte sich und man merkte, dass ihr das Sprechen schwerfiel.
„Kinder, Nima hat ziemlich viel erlebt. Sie hat es nicht leicht, seit wir in Deutschland sind.“
Wieder räusperte sie sich, bevor sie weitersprach.
„Nimas Vater ist Afrikaner. Wir haben in Afrika in Gambia gelebt. Es war für mich sehr schwer, dort zu leben, und ich wollte mit Nima nach

Deutschland zurück. Damit war Nimas Vater aber nicht einverstanden. Er wollte, dass Nima ohne mich in Gambia bleibt. Ich wollte sie aber nicht allein dort lassen, darum bin ich heimlich mit ihr nach Deutschland zurückgegangen. Nimas Vater will sie nun nach Gambia zurückholen." Frau Oz schniefte. „Außerdem ist Nima sehr stolz. Sie hält es nicht aus, wenn sie von anderen beleidigt wird. Alles zusammen ist einfach zu viel." Frau Oz schniefte noch mehr.

Die Kommissarin reichte ihr ein Taschentuch und half ihr weiter: „Wir wissen nicht, wo Nima jetzt genau ist. Wir brauchen eure Hilfe, damit wir sie finden und alles wieder in Ordnung bringen können. Jeder Hinweis ist wichtig."

„Hinweis?", fragte Niko.

Fast wäre Leon so etwas wie *doofer Grieche* rausgerutscht, aber er hielt lieber die Klappe.

„Ja, wir müssen sie gemeinsam finden. Wir Erwachsenen haben einen Plan gemacht. Helft ihr uns?"

Alle waren mucksmäuschenstill. Man hätte eine Stecknadel fallen hören können. Dann plötzlich brach ein Höllenlärm los und alle schrien auf einmal.

„Na klar!"

„Ja!"

„Geht's gleich los?"

„Ja! Ja!"

„Wie denn?"

„Ruhe bitte!“, rief die Lehrerin. „Wir teilen uns in vier Gruppen auf. Jede Gruppe wird von einem Erwachsenen begleitet. Und jede Gruppe bekommt ein eigenes Gebiet, wo sie suchen soll.“
Wie wild liefen die Kinder durch den Raum. In Windeseile hatten sie sich auf die Ecken des Klassenzimmers verteilt.
„Hier ist einer zu viel!“, rief Sofie mit knallrotem Kopf.
„Zu viel?“, grinste Herr Gabriel, dem nicht entgangen war, dass Leon gemeint war. „Ach, ich glaube, Leon wird sehr gut mithelfen.“
Eva Emm ging durch den Klassenraum. „Fangen wir an. Hat jemand eine Idee, wo Nima sein könnte?“
Aber kein Kind konnte einen konkreten Hinweis geben. Den anderen fiel dabei nicht auf, dass Leon ausnahmsweise einmal keinen Ton sagte.

6. DIE SUCHE BEGINNT

Jede der vier Gruppen bekam einen Teil der Stadt und der näheren Umgebung zugewiesen, in dem sie nach Nima suchen sollte.

Die erste Gruppe mit Sara, Niko, Silvio, Sofie und Leon bekam Herr Polle zugeteilt. Ihr Suchgebiet sollte der Fietschenwald sein.
Sofort machten sie sich gemeinsam auf den Weg. Sie liefen durch den Wald, an den Teichen vorbei.

Dort überlegten sie kurz und entschlossen sich, die Treppe hinauf zur Höhle zu gehen. Die Höhle war nämlich ein beliebter Treffpunkt der Kinder des Ortes und Sara wusste, dass Nima ihn kannte. In Windeseile erklommen die Kinder die vielen Stufen. Leon trottete hinter den anderen her und war froh, dass niemand die Decke unter der Brücke entdeckt hatte.
„Wir suchen sehr gründlich die ganze Umgebung ab", meinte Jonas Polle. „Vielleicht finden wir einen Hinweis darauf, ob Nima hier war."

Sie untersuchten die Höhle und jeden Strauch, jeden Stein, jeden Baumstamm, suchten im Laub und krochen unter die Büsche. Eine Stunde lang fanden sie nichts. Einfach nichts.
Fast hätten sie aufgegeben, da schrie Silvio plötzlich: „Ich hab was gefunden!“ In seiner Hand hielt er etwas Glitzerndes. Er lief zu Polle und übergab es ihm.

„Das ist Nimas Haarspange! Die mit den Sternchen!“, brüllte Sara.
Leon verkroch sich hinter einem Strauch neben dem Höhleneingang und tat, als ob er nichts gehört hätte.
„Sie war also hier“, stellte Polle fest. „Die Spange lag dort oberhalb der Höhle. Was schließen wir daraus? Tja ...“, nachdenklich kratzte er sich am Kinn.
„Sie war da oben und nicht in der Höhle“, murmelte Leon und wurde rot.
„Oder sie war hier in der Höhle und ist da hochgegangen“, meinte Sofie. Sie ließ sich von Leon nicht in die Irre führen.
„Ja, das kann sein.“ Immer noch kratzte sich Referendar Polle nachdenklich das Kinn.
„Ja, ja! So, genau so ist es!“ Sara wurde immer aufgeregter.
„Warum bist du so sicher?“, wollte Niko wissen.
„Weil, weil, wenn sie von hier nach da oben gelaufen

ist, dann weiß ich, wohin sie gelaufen ist!" Saras Stimme überschlug sich fast.
„Wohin denn?" Herr Polle beugte sich zu Sara herunter. „Sag, wohin kann sie gelaufen sein?"
„Das ist ein Geheimnis …" Sara schaute verlegen auf ihre Fußspitzen.
„Aber es geht hier darum, ein verschwundenes Mädchen zu finden!", antwortete Polle sehr ernst.
„Erwachsene dürfen das nicht wissen …"
„Okay, ich verstehe, dass ihr Geheimnisse habt, aber …"
„Ich hab 'ne Idee!", unterbrach Niko den Referendar. „Herr Polle bleibt hier. Leon auch. Wir anderen gehen den Geheimweg zu Nima."
„Aha …", nachdenklich schaute Jonas Polle den Jungen an. Er spürte, dass etwas dahintersteckte, wovon er nichts wusste. „Warum soll Leon nicht mit euch gehen?"
Alle warfen einen Seitenblick auf Leon, sagten aber nichts.
„Weil Niko ein blöder Grieche ist!", maulte Leon und – PAFF – hatte er sich eine Ohrfeige von Niko eingefangen. Und schon prügelten die beiden Jungen aufeinander ein. Polle musste eine Menge Kraft aufbringen, um sie zu trennen.
„Aufhören!"
Mit roten Köpfen saßen die beiden Jungen im Laub vor der Höhle und starrten sich böse an.

„Leon ist schuld, dass Nima weg ist. Wenn ihr was passiert, ist er auch schuld, das Arschloch!“, schimpfte Niko wütend. „Und er hat ja auch schon wieder ein neues SU-PER-SMART-PHONE, nur weil er sein altes Handy verloren hat. Er hat ja sowieso alles, der SU-PER-Leon!“

Niko wollte Leon wieder eine scheuern, aber Herr Polle hielt ihn davon ab. „Kinder, jetzt ist Schluss. Erinnert euch, weshalb wir hier sind!“

Sofie baute sich vor Leon auf. „Ich habe einen Verdacht.“ Sie atmete tief durch. „Leon, du benimmst dich heute noch komischer als sonst. Du hast Nima gesehen, stimmt's?“

Eisige Stille breitete sich aus. Leon starrte auf den Boden vor seinen Füßen.

„Stimmt das, Leon?“, fragte Polle.

Leon antwortete nicht.

„Keine Antwort ist auch eine Antwort,“ meldete sich Silvio zu Wort. Seine Augen waren nur noch Schlitze. „Leon, bei dir stinkt's nach Lüge. Wir gehen ohne dich. Du kannst bei Herrn Polle bleiben. Wir können dich nicht gebrauchen!“ Voller Abscheu wandte sich Silvio von Leon ab.

„Ich glaube, das ist eine ganz gute Idee“, meinte der junge Lehrer noch nachdenklicher als bisher.

Polle und die Kinder besprachen genau, was zu tun war. Silvio, Sofie, Sara und Niko würden den geheimen Weg gehen und immer fest zusammen-

bleiben. Sie sollten Bescheid geben, sobald sie Nima gefunden hätten. Um zwölf Uhr wollten sie wieder an der Höhle sein. Leon musste außerdem den anderen Kindern sein neues Smartphone mitgeben, das er gerade erst bekommen hatte. Polle hatte sein eigenes und so konnten sie sich verständigen, wenn irgendetwas geschah. Leon war sauer. Jetzt war er auch sein neues Smartphone los. Der Gedanke, dass er sein altes Handy direkt nach Nimas Verschwinden hier im Wald gehört hatte, ging ihm nicht aus dem Kopf.
Sara ging der Gruppe voraus. Sie wusste genau, wohin ihre Freundin gegangen war. Die anderen Kinder blieben ihr dicht auf den Fersen. Sara lief und lief.

Währenddessen warteten Leon und Jonas Polle vor der Höhle. Leon maulte vor sich hin: „Ich will nach Hause. Dann ist sie eben weg, die doofe Kuh!"
Polle hörte sich das eine Weile geduldig an, bis er Leon fragte, was er an Nima eigentlich so gut fand. So gut, dass er sich so über sie aufregen konnte.
„Ich finde sie saublöd!", schnauzte Leon zurück.
„Aha", meinte der Referendar und war eine Weile still, bevor er weitersprach. „Ganz interessant, das Zeichen von Nimas Kettenanhänger. Ein Vogel, der ein Krokodil frisst."

Wie aus der Pistole geschossen rief Leon: „Das ist bestimmt ein Zauberzeichen! Das macht sie unbesiegbar. Wenn ... wenn sie es nicht mehr hat, dann ist sie nicht mehr so stark!“

„So so“, murmelte Polle und machte eine kleine Pause. „Sie ist also stark.“

„Na klar! Welches Mädchen traut sich denn sonst nachts allein in den Wald?“

„Hm, sie ist stark, wenn sie das Zeichen hat, und ohne das Zeichen nicht?“

„Logo!“ Leon schlug sich mit der Hand an die Stirn.

„Aber als sie hier im Wald in der Höhle allein war, hatte sie das Zeichen doch gar nicht mehr.“

Verblüfft starrte Leon den jungen Lehrer an und bekam kein Wort heraus. Er sprang auf und trat wütend mit dem Fuß gegen den nächsten Baum.

„Ich denke“, sprach Herr Polle weiter, „nachts allein auf die Suche zu gehen, dabei einen dichten Wald zu durchqueren und es auch noch zu schaffen, dass zu Hause niemand was bemerkt, das erfordert sehr viel Mut. Das ist auch stark.“

Leon schaute Polle an. In seinem Gesicht zeigte sich ungläubiges Staunen. Er setzte sich neben den Referendar auf den Boden. Beide saßen eine Weile schweigend da.

„Mein Vater ist anderer Meinung.“

„Wirklich?“

„Er sagt, ich tauge zu ni...“ Leon verschluckte den

Rest des Satzes. Irgendwann redete er schließlich weiter. „Dabei kann er das gar nicht beurteilen, er ist ja nie da!"
„Und deine Mutter?"
„Ach die, die arbeitet doch auch immer."
„Wer ist denn bei dir, wenn deine Eltern weg sind?"
„Wer schon!"
„Also? Wer?"
Wütend boxte Leon auf das Moos ein, das den Waldboden bedeckte. „Manchmal der Opa von nebenan, aber das ist ja gar nicht mein richtiger Opa."
„Das macht dich echt sauer, was?"
„Ach, Sie haben doch keine Ahnung!" Leon stand wieder auf. „Können wir jetzt endlich nach Hause?"
„Du weißt, dass wir Nima finden müssen."
Leon lief in die dunkle Höhle und bewarf wütend die Wände mit Steinen. Polle blieb ungerührt in der Nähe der Höhle und wartete ab. Es dauerte lange, bis Leon wieder herauskam. Er hatte sich das Knie aufgeschlagen.
„Ist nichts", murmelte er, als sich Polle darum kümmern wollte.
Leon fand den jungen Lehrer echt cool, auch wenn er es nicht zeigen wollte. Und er fand es gut, dass den ganzen Vormittag jemand bei ihm gewesen war, der ihn sogar mal in Ruhe rumbrüllen ließ. Sein Handy und sein Smartphone waren weg, aber das war ihm im Moment egal.

7. NIMAS ERLEBNISSE IM DER VERGANGENEN NACHT

Nima war weitergelaufen. Durch den nächtlichen Wald, den steilen Berg hinauf, bis zur Straße. Dort hatte sie einen Augenblick gewartet und sich vorsichtig umgeschaut. Sie wollte sicher sein, dass niemand sie sah. Sie bekam Sehnsucht nach ihrem gemütlichen Bett und sie dachte an ihre Mutter. Das Mädchen kramte das Handy aus ihrer Tasche. Es war Leons Handy, das er nach dem Vorfall in der Klasse auf Nimas Tisch vergessen hatte. Sie hatte es einfach mitgenommen. Jetzt schrieb sie ihrer Mutter damit eine Nachricht.

Mama, tut mir leid, es geht nicht anders.
Hdl, bin o. k., Nima!

Sie würde erst wieder nach Hause kommen, wenn sich ihre Eltern geeinigt hatten und sie in Deutschland bei Mama wohnen durfte. Aber auch nach Gambia hatte Nima Sehnsucht. Dort war es immer warm. Zusammen mit ihren Freunden war sie über die heißen, staubigen Straßen bis hin zum Fluss gerannt. Sie hatten einen Riesenspaß, wenn sie im Uferwasser badeten und sich mit Schlamm bewarfen. Das durften die Kinder dort. Ihre Freunde in Gambia hatten dunklere Haut als sie, und Nima

wurde „die Weiße“ genannt. Hier in Deutschland war sie die mit der dunkleren Haut. Überall war sie anders.
Das alles ging ihr durch den Kopf, bis sie zu dem abgeernteten Feld kam, das kurz vor ihrem Ziel lag. Sie zog die Schuhe aus und ging barfuß über die sommerlich warme, trockene Erde. Das tat gut. Sogar ihr Kummer über die gestohlene Kette erschien ihr ein wenig leichter. Sie liebte die Kette sehr. Das Schmuckstück war ein Geschenk ihrer afrikanischen Großmutter. Kurz bevor Nima nach Deutschland kam, hatte Oma ihr den silbernen Anhänger geschenkt. Schon seit unzähligen Generationen gehörte er den Frauen in der Familie. Wenn die Trägerin der Kette alt geworden war, vererbte sie den Schmuck an das Mädchen in der Familie, das sie für die würdigste Trägerin hielt. *Wenn Oma nur hier wäre!* Sie würde ihr helfen, da war sich Nima sicher.

Hinter dem Feld lag friedlich der Buntenbacher Hof. Die Kinder aus Blütenberg kamen zum Reiten hierher oder einfach nur, um zu quatschen, zu helfen oder auszuruhen. Auf dem Buntenbacher Hof lebte Emilio. Emilio war ein ganz altes Pferd. Gern steckte er sein graues Maul in die Taschen der Kinder, weil darin immer etwas Leckeres zu finden war. Das Pferd hatte Eigenschaften, die an einen

Menschen erinnerten. Alle Kinder waren sich sicher, dass er alles verstand, was man ihm erzählte. Nima würde sich neben ihn in seine Box kuscheln, den Rest der Nacht bei ihm verbringen und sich in Ruhe überlegen, wo sie morgen bleiben wollte. Sie war sich auch sicher, dass ihre Freunde nach ihr suchen würden. Deshalb würde sie im ersten Tageslicht ihr Zeichen an die Wand der Box malen, damit sie sich keine Sorgen machten. Sara, Niko, Sofie und Silvio würden es sofort erkennen.

8. Emilios Box und Nimas Zeichen

Nachdem die Kinder den Wald hinter sich gelassen und das Feld überquert hatten, sahen sie im Tal den Pferdehof liegen. Buntenbach sah friedlich aus wie immer. Fröhlich leuchtete die pinkfarbene Fassade des Wohnhauses im Vormittagslicht. Von der Weide hinter den Ställen hörte man das Wiehern eines Pferdes.

„Die Pferde sind draußen“, flüsterte Sara. „Wir schauen in der Box von Emilio nach, ob wir was finden. Wenn Nima hier übernachtet hat, dann bei den Pferden.“

„Kommt schon!“ Sofie schlüpfte durch den Eingang des Hofes. Sara, Niko und Silvio folgten ihr. Leise und mit gebeugten Rücken schlichen sie unter den Fenstern entlang, an der Maschinenhalle und am Strohlager vorbei bis hin zu dem Stall, in dem die Box von Emilio lag. Sofie kannte den Hof gut. Jede Woche kam sie zum Reiten hierher.

„Passt bloß auf, dass euch Cornelia nicht sieht. Die weiß sonst sofort Bescheid. Meine Mutter sagt, sie hat den siebten Sinn.“

„Sieben im Sinn?“ Niko flüsterte die Frage bloß.

„Settimo senso, amico!“ antwortete Silvio leise.

„Was?“ Niko blickte seinen Freund verwirrt an.

„Haben wir jetzt einen Sprachkurs oder wollen wir

Nima finden?", fauchte Sofie die beiden Jungen an. Die Kinder pirschten sich weiter vor. Emilios Box lag ganz am Anfang der langen Reihe Einzelboxen. Abgesehen vom frischen Stroh auf dem Boden und der Pferdedecke, die über der Stalltür hing, war die Box leer. Ratlos blickten sich die vier Freunde um. Nichts deutete darauf hin, dass außer dem Pferd jemand hier gewesen war.

„Da!" Niko zeigte auf die Boxenwand. „Seht ihr, das ist Nimas Zeichen."

Es war kaum zu erkennen. Nur die scharfen Augen der Kinder konnten es entdecken. An der Wand, dicht unter dem Fenster, befand sich die Zeichnung. Es war eine afrikanische Figur, die aussah wie ein Vogel mit einem Krokodil im Schnabel. Genau so sah der Anhänger der Kette aus, die Nima immer um den Hals trug.

„Ja, sie muss hier gewesen sein", rief Niko. „Das ist ihr Zeichen!"

„Und jetzt ist sie im Wald, in unserem anderen Versteck!", erklärte Sara.

„Im Wald?“, fragte Sofie verwundert.
„Okay, was für ein Versteck? Sag, was los ist, Sara.“ Silvio versuchte, Ordnung in die Aufregung zu bringen.
„Ich sag’s nur, wenn ihr die Klappe haltet!“ Saras Augen blitzten hinter den Gläsern der bunten Brille. „Das ist ein großes Geheimnis.“ Ihre Augen wurden schmal, als sie flüsterte: „Ihr müsst schwören!“ Niko, Silvio und Sofie hoben die rechte Hand und streckten Daumen, Zeigefinger und Mittelfinger in die Luft.
„Was sollen wir schwören?“, fragte Niko.
Sofie verdrehte die Augen. „Du bist ja ein toller Kumpel, aber kapier doch mal was!“, blaffte sie Niko an.
„Okay, ich schwöre was“, murmelte Niko leise.
„Ich schwöre beim heiligen Zeichen von Nima, dass ich das Geheimnis nicht verrate!“, sprach Sara.
„Okay!“, antworteten die anderen im Chor. „Wir schwören!“
„Gut“, verschmitzt schaute Sara in die Runde. „Nima ist bestimmt auf dem Hochsitz im Wald. Das ist unser heimliches Versteck. Da gehen wir immer hin, wenn wir mal abtauchen wollen.“
„Ist der Hochsitz im Wasser? Wegen abtauchen …“
„Mensch, Niko!“ Wieder verdrehte Sofie die Augen und Niko wurde wütend.
„Wenn du so die Augen verdrehst, bleiben die einmal stehen, und dann siehst du immer so aus!“

„Ach, Niko, sie meint es doch nicht so. Wir müssen jetzt endlich Nima helfen. Wir müssen ihr Essen bringen und was Warmes zum Anziehen."
Silvio war in seinem Element. Aufgeregt rückte er seine Kappe zurecht. „Wir bringen alles zum Hochstuhl."
„Das heißt Hoch*sitz*." Sofie verdrehte wieder die Augen.
„JETZT!", rief Niko. „Jetzt bleiben deine Augen stehen!"
„Okay, ich mach's nicht mehr."
Sofie stand auf. „Also, was könnte Nima brauchen? Woher kriegen wir das? Wie bringen wir alles hin?"
Da ertönte eine Frauenstimme vom Eingang des Stalles: „Haben wir da eine Kinderversammlung?"
„Cornelia, verflixt!", flüsterte Sara.
Cornelia war die Besitzerin des Buntenbacher Hofes. Sie gab die Reitstunden, kümmerte sich um die Pferde, den Stall und um alles, was sonst noch anfiel. Sie war eine drahtige, sportliche Frau um die Vierzig und trug fast immer Reitstiefel und Arbeitsklamotten. Ihr freundliches Gesicht wurde von hellbraunen Haaren umrahmt, die immer wie vom Wind zerzaust aussahen. „Das liegt am Sturm des Lebens", hatte Cornelia einmal gesagt. Sie liebte die Kinder, die auf den Hof kamen, und versorgte sie gern mit ihren selbst gebackenen Pfannkuchen. Jedes Mal, wenn sie welche gebacken

hatte, stellte sie einen Teller davon auf die Fensterbank der Küche. Es dauerte nie lange, bis der Teller leer war.
Jetzt stand Cornelia vor Emilios Box.
Sofie stellte sich vor die Wand, auf der Nimas Zeichen zu sehen war.
„Was macht ihr denn hier in Emilios Box?“, fragte Cornelia.
„Oooooch, nix“, meinte Silvio gedehnt.
„Wir gucken nur mal so ...“ Sara guckte an die Stalldecke, als ob es dort etwas zu sehen gäbe, und Niko machte ein Gesicht wie ein Fragezeichen.
„Ach so, na ja, wenn das so ist.“ Cornelia tat, als wolle sie gehen, drehte sich aber wieder um und fragte: „Habt ihr Lust auf Pfannkuchen?“
„Pfannkuchen, klar!“, verkündete Sofie.
Niko schaute fragend in die Runde und Sofie sah ihn warnend an.
„Ich habe gerade einen Teller mit frischen Pfannkuchen auf die Fensterbank gestellt und ich finde, bei einem leckeren Essen redet es sich viel leichter.“
„Und wann gehen wir zum Hoch... – AUA!“ Niko kam nicht dazu, seine Frage auszusprechen. Silvio hatte ihn unsanft in die Seite gekniffen und Niko unterbrochen, damit er bloß den Mund hielt.
Gemeinsam gingen sie aus dem Stall bis zum Wohnhaus. Cornelia beobachtete die Kinder. Sie saßen auf der Bank unter dem Küchenfenster und

verspeisten genüsslich einen Pfannkuchen nach dem anderen. Ihr entging nicht, dass Silvio manchmal nur so tat, als würde er essen. Tatsächlich stopfte er sich die warmen, klebrigen Pfannkuchen in seine weiten Hosentaschen. Und die anderen bemühten sich ununterbrochen, Cornelia abzulenken. Was war es bloß, das sie nicht mitbekommen sollte?

„Habt ihr heute schulfrei?", fragte Cornelia beiläufig.

„Schulfrei?" Niko blickte Cornelia verblüfft an. „Aua!" Silvio zwickte Niko wieder heimlich in die Seite.

Da stimmte doch was nicht. Die Kinder benahmen sich wirklich merkwürdig.

Als der Teller leer war, bedankten sich die Kinder und taten so, als wollten sie wieder nach Hause gehen. Sie bogen aber ab und verschwanden eilig hinter dem Stall.

Aus den Augenwinkeln sah Cornelia, wie die Kinder in ihren bunten T-Shirts über die Koppel hinter dem Stall rannten und in das Gebüsch am Waldrand eintauchten. Dann waren sie verschwunden.

9. DAS VERSTECK IM WALD

Sara war eine gute Läuferin. Die anderen hatten Mühe, ihr zu folgen. Sie kletterten über Äste und umgefallene Baumstämme, sprangen über einen kleinen Bach und rutschten einen Abhang hinunter. Dann überquerten sie einen Waldweg, kletterten auf der gegenüberliegenden Seite des Weges wieder einen Hang hinauf, krochen durch ein Dickicht und schlichen sich durch hohes Gras an den Rand einer Lichtung. Da stand der Hochsitz. Er sah aus wie ein kleines Holzhaus auf langen Beinen. Die hohen Pfähle, auf denen er viele Meter hoch über dem Boden stand, die Leiter, die nach oben führte, und die Bretter an den Wänden des Häuschens waren von Wind und Wetter grau geworden. Auf diese Weise war der Hochsitz gut getarnt und zwischen den Baumstämmen kaum zu erkennen. Kein Laut war zu hören.

Plötzlich zerriss ein gellender Pfiff die Stille. Erschrocken ließen sich die Kinder flach auf den Boden fallen. Nur Sara stand aufrecht da. Sie hielt noch Zeige- und Mittelfinger am Mund, durch die sie gepfiffen hatte. Noch einmal stieß sie den gellenden Pfiff aus, der sich wie der Ruf eines Raubvogels anhörte.

„Was soll das, verdammt nochmal?“ Sofie richtete sich langsam wieder auf.

Da ertönte aus dem Hochsitz ebenfalls ein Pfiff, und Sara rannte sofort hinüber.
„Nima, ich bin's, Sara."
Niemand antwortete.
„Nima, ich habe sie schwören lassen! Die verraten nix!"
„Sie haben geschworen?" Nimas Stimme klang leise vom Hochsitz herunter.
„Ja, Ehrenwort!"
„In Ordnung, kommt rauf."
Sara blickte sich um. Als sie nichts Verdächtiges entdecken konnte, winkte sie die anderen heran.
Sie erklommen die Leiter und zwängten sich in den engen Hochsitz.

Dann musste Nima alles erzählen, was geschehen war. „Ich weiß nicht, ob es an meinem Hunger liegt“, grummelte sie zum Schluss. „Aber ich habe das Gefühl, dass es hier nach Pfannkuchen riecht.“
Aus seinen völlig durchweichten Hosentaschen holte Silvio einen dicken Klumpen Pfannkuchen heraus. Nima war es egal, dass sie völlig zerquetscht waren. Sie hatte einen Bärenhunger und aß alles gierig auf. Mit vollem Mund redete sie auf die anderen ein.
Es war klar, dass sie vorerst nicht mehr in die Schule und auch nicht nach Hause gehen würde. Erst musste ihr Vater versprechen, dass er sie nicht gegen ihren und den Willen ihrer Mutter mitnehmen würde. Und Leon musste mit den Quälereien aufhören. Das war eine schwierige Sache. Keiner hatte eine Ahnung, wie man das hinkriegen könnte. Jedenfalls musste Nima verschwunden bleiben, bis eine Lösung gefunden war. Bis dahin brauchte sie ein sicheres Versteck.
„Ob ich heute Nacht noch mal zu Emilio kann? Ich hab auch im Stall unter den Strohballen meine Tasche und meinen Turnbeutel versteckt.“
„Da kannst du hin. Emilio verrät dich nicht“, murmelte Niko. Er zog seine Jacke aus und legte sie Nima über die Schultern. „Damit du nicht frierst.“
Silvio setzte ihr seine Kappe auf. Die blaue Kappe mit dem weißen Schriftzug war Silvios Markenzeichen. Auf dem Schirm hatte sein Lieblings-

Fußballer unterschrieben. Darauf war er sehr stolz.
Erstaunt und wortlos nahmen die anderen zur Kenntnis, dass Silvio sich von seiner Kappe trennte.
„Jetzt erkennt man dich nicht mehr, du siehst aus wie ein Junge“, kicherte Sofie.
Vom Dorf her hörten die Kinder die Turmglocke schlagen. Sie zählten mit.
„Zwölf Mal. Wir sollten um zwölf zurück sein! Madonna! Wir kommen zu spät!“, schrie Silvio.
Eilig verabschiedeten sich die Freunde von Nima und rannten in Richtung Höhle davon.
Sie kamen natürlich zu spät. Herr Polle stand nervös vor der Höhle und atmete erleichtert auf, als sie endlich erschienen. „Warum habt ihr euch nicht gemeldet? Dazu hattet ihr doch das Smartphone mit! Ist alles klar bei euch?“
„Ja, ja, alles klar!“
„Und, habt ihr eine Spur gefunden?“
„Eine Spur?“, fragte Niko.
Sofie kniff ihm in den Hintern.
„Aua! Lass das!“
„Also, was ist los mit euch?“, wollte Herr Polle nun wissen. „Ihr habt doch was! Habt ihr Nima gesehen?“
„Nööööö“, antworteten alle vier im Chor.
Polle bemerkte, dass Nikos Jacke und auch Silvios Kappe fehlten. Er wusste, dass sie logen. Doch er sprach die Kinder nicht darauf an. Sie

hielten dicht und im Moment war wohl nichts aus ihnen herauszukriegen. Er murmelte nur: „Dann scheint es ihr ja gut zu gehen …“, und wie er es sich gedacht hatte, nickte Niko stumm. Polle wollte auf eine günstige Gelegenheit warten, um das Geheimnis der Kinder zu lüften.

So machten sich alle zusammen auf den Weg zurück zur Schule. Leon trottete griesgrämig hinterher. Ab und zu warf er dem Referendar einen Blick zu, aus dem die anderen Kinder nicht schlau wurden. Jedenfalls war Leon so still, dass man ihn nicht wiedererkannte.

Im Laufschritt bogen Jonas Polle und die Kinder auf den Weg zur Schule ein. Als sie zum Haupteingang kamen, sahen sie eine Frau hinter einer der Eingangssäulen stehen. Sie trug eine rotkarierte Hose, einen hellen Mantel mit großen, dunklen Knöpfen und eine braunkarierte Schirmmütze, unter der ein Wust blonder Haare hervorquoll. Auf ihrer Nase klemmte eine Lesebrille, über deren Rand sie die Umgebung beobachtete. In den Händen hielt sie einen kleinen Block, auf dem sie mit einem roten Stift etwas notierte.

„Das ist die Reporterin Habari, geht ihr unbedingt aus dem Weg“, flüsterte Referendar Polle den Kindern zu. „Lasst euch nicht von ihr ansprechen. Wenn man nicht will, dass alles, was man gesagt hat, morgen in der Zeitung steht, darf man ihr nichts sagen, merkt euch das. Habari ist wie eine Klette, wenn sie was rauskriegen will. Möchte mal wissen, woher sie schon wieder weiß, dass hier was los ist.“ Missmutig warf er ihr einen Blick zu. Dann schob er die Kinder durch den Haupteingang und eilte mit ihnen zum Klassenraum, in dem schon die anderen Gruppen auf sie warteten.

Die Reporterin stand immer noch an der Säule. Habari war nicht ihr richtiger Name. Den Namen hatte sie angeblich von Freunden bekommen, die lange in Afrika gelebt und mehrere Sprachen beherrschten, auch Kisuaheli. Irgendwann hatten sie *Habari* zu ihr gesagt. Die Leute hatten das mitbekommen und den Namen übernommen.
Habari konnte scheinbar an mehreren Orten gleichzeitig sein. Kaum hatte man sie am Bahnhof gesehen, tauchte sie auch schon auf dem Marktplatz auf. Oder sie saß plötzlich irgendwo im Café und beobachtete die Leute. Und alles, was sie dabei herausfand, stand am nächsten Tag in der Zeitung, ob man wollte oder nicht. Sie war die Neugier in Person.

10. DIE SUCHE UND NIMAS ZWEITE NACHT

Die Gruppen hatten den ganzen Vormittag nach Nima gesucht. Nun hatten sie sich wieder im Klassenzimmer eingefunden. Auch Frau Oz war wieder zur Schule gekommen.

Gruppe vier hatte in Begleitung von Herrn Gabriel den Marktplatz und auch die Läden unter die Lupe genommen.

Nur in der Buchhandlung fanden sie etwas von Nima: Nimas Mutter. Als die Kinder hereinkamen, kochte ihr die Buchhändlerin Lisa Berse gerade Tee und tröstete sie. Lisa kochte immer Tee, wenn sie jemanden tröstete. Sie war mitfühlend und sehr hilfsbereit. Frau Oz hatte sich schon oft mit ihr unterhalten und ihre Geschichte aus Gambia erzählt. Zusammen mit Nima kam sie häufig in den Buchladen. Während sich die Frauen unterhielten, stöberte Nima im Laden. Sie hatte sich sogar im Keller umschauen dürfen, in dem die Ware des Ladens lagerte. Dort gab es viel für sie zu entdecken.

„Machen Sie sich keine Sorgen, Frau Oz“, sagte Lisa. „Nima ist klug und sie hat Freunde. Sicher kommt sie bald wieder zurück.“

Die Gruppe war sich schließlich sicher, dass Nima

auf dem Marktplatz und in den Läden um den Platz herum nicht zu finden war.

Gruppe drei durchsuchte mit Frau Inemann die Gegend um die Winkelburg. Die dicken Bäume im Park hinter der Burg wurden abgesucht, das steinerne Denkmal von Ritter Theo ebenso.
Die Kinder nahmen sich sogar die Winkelburg selbst vor. Zwischen den Ritterrüstungen, in den Zimmern der Burg und unter dem Dach hatten sie gesucht. Dabei war es ihnen immer wieder ziemlich unheimlich gewesen. Sie glaubten nämlich an die Geschichten, dass es hier Geister gab und waren froh, als sie wieder nach draußen an die frische Luft kamen. So verließen die Kinder und Frau Inemann die Burg, ohne auch nur einen Hinweis auf Nima gefunden zu haben.

Gruppe zwei fuhr mit der Kommissarin Eva Emm im Polizeiauto zum Bahnhof. Ganz stolz kletterten sie dort aus dem Wagen und fühlten sich wie Detektive. Der Bahnhof war gerade eine unüberschaubare Baustelle. Es herrschte ein ziemliches Durcheinander von Bauzäunen, Erdhaufen und Umleitungsschildern. Die meisten Leute wussten nicht, wo sie entlanggehen sollten, um zu dem Gleis zu kommen, von dem sie abfahren wollten. Der ein oder andere landete in einem Zug, der in die falsche Richtung fuhr, und es gab eine Menge Beschwerden. Alle, die sich beschwerten, standen in der Bahnhofshalle und schimpften mit dem einzigen Schaffner, der jedem geduldig Rede und Antwort stand. Die Kinder fragten alle Wartenden, den Verkäufer im Kiosk, einfach jeden, ob er Nima gesehen hätte. Aber niemand konnte ihnen eine Auskunft geben.

Gruppe eins unter der Begleitung von Referendar Polle hatte anscheinend auch nicht viel zu erzählen. Niko, Silvio, Sara und Sofie lieferten zwar wortreich eine Beschreibung der Landschaft um den Fietschenwald. Sie behaupteten aber, sie hätten sonst überhaupt nichts bemerkt. Die Kinder erzählten auch nur ganz wenig über ihren Abstecher zum Buntenbacher Hof.

„Pfannkuchen", murmelte Niko und erntete gleich wieder einen warnenden Blick von Sofie. „Nima? Nee", meinte er nur.

Jonas Polle berichtete noch von der Haarspange, die seine Gruppe im Fietschenwald gefunden hatte und überreichte sie der Kommissarin. Dabei flüsterte er den Erwachsenen zu: „Die Kinder wissen mehr, als sie uns sagen. Wir müssen einige einzeln befragen und ihnen klarmachen, wie wichtig ihre Hinweise sind."

Frau Emm nahm die Haarspange und fragte Frau Oz: „Gehört die Ihrer Tochter?“ „Ja, das ist Nimas Spange“, bestätigte Frau Oz. „Dann nehmen wir die Spange zur Sicherheit zur Untersuchung mit“, sagte die Kommissarin.

„Und noch etwas“, kündigte Herr Polle an. „Während die anderen unterwegs waren, hatte ich ein Gespräch mit Leon. Ich finde, dass er das jetzt mal selbst erzählen sollte. Komm bitte nach vorn, Leon.“

Leons Gesicht war so rot, dass Sofie befürchtete, er könnte explodieren. Er erhob sich in Zeitlupe. „Kann ich das bitte nur vor den Erwachsenen sagen?“

Urplötzlich herrschte Stille. Jeder wartete gespannt, was nun passieren würde.

„Gut“, meinte Frau Inemann, „dann gehen jetzt alle Kinder außer Leon raus auf den Schulhof.“

Die Stühle scharrten über den Boden. Murrend gingen die Kinder nach draußen. Sie hätten zu gerne gewusst, was Leon erzählen sollte. Auf dem Schulhof erwartete Hausmeister Tomasz die Kinder. Frau Inemann hatte ihn mit ihrem Handy informiert und gebeten, die Aufsicht zu übernehmen. Sofort wurde er umringt und alle fragten gleichzeitig: „Was hat Leon denn gemacht?“

Diese und noch viele Fragen mehr musste Herr Tomasz über sich ergehen lassen. Geduldig und freundlich wie immer beantwortete er sie, so gut er konnte. Heute vergaßen die Kinder ihre Pausenspiele und redeten sich die Köpfe heiß.

Unterdessen erzählte Leon den Erwachsenen, wie er Nima nachts in der Höhle gefunden und dass im Wald ein Handy geklingelt hatte. „Es hat sich wie mein altes Handy angehört, das hat Nima mir bestimmt geklaut!“, trumpfte er auf.
Sofort wurde er von Herrn Polle ausgebremst: „Na, über's Klauen wollen wir jetzt besser nicht reden.“
„Jetzt wissen wir, woher Nima ein Handy hat“, sagte die Kommissarin. „Die Ortung haben wir schon eingeleitet, richtig, Herr Gabriel?“
„Ist erledigt, Chefin“, erwiderte der Polizist und entfernte sich eilig. „Ich frage gleich mal nach.“
„Können Sie das Handy wirklich orten und Nima finden?“ Bittend sah Nimas Mutter Eva Emm an.
„Ja, das schaffen wir.“
Erleichtert atmete Johanna Oz auf.
Da klopfte es plötzlich an der Tür.
„Ja, bitte!“, rief Frau Inemann. Die Tür öffnete sich und herein trat eine auffällig gekleidete Frau.
„Habari!“, rief die Lehrerin genervt. „Was wollen Sie denn hier? Es gibt nichts, was Sie in der Zeitung schreiben könnten.“
„Doch“, antwortete Habari bestimmt, „ich glaube doch, dass ich dabei sein sollte. Ich bin sicher, dass ich helfen kann.“ Sie ging auf Frau Oz zu.

„Man nennt mich Habari. Sie sind Nimas Mutter, Frau Oz?"
„Bitte lassen Sie uns in Ruhe, gehen Sie!", schimpfte Eva Emm. „Sie werden schon noch rechtzeitig erfahren, was los ist."
„Sie wollen helfen?" Frau Oz war aufgestanden. Sie streckte Habari die Hand entgegen. „Bitte, reden Sie!"
„Ja, ich will helfen, denn ich weiß, wie Ihnen zumute ist." Habari machte eine Pause und schaute in die Runde. „Vor vielen Jahren habe ich dasselbe erlebt wie Sie, Frau Oz. Meine eigene Tochter war verschwunden. Mein Mann stammte aus einem anderen Land. Ich nahm damals mein Kind und kam nach Deutschland zurück. Es gab Schwierigkeiten, deshalb lief meine Tochter weg, aber wir konnten das Problem lösen. Gerne sage ich Ihnen, wie."
„Das heißt, Sie haben Ihr Kind wiedergefunden? Wie haben Sie das gemacht?" Flehentlich sah Nimas Mutter die Reporterin an.
So kam es, dass Habari eine wichtige Rolle bei der Suche nach Nima spielte. Mit ihrer Hilfe schmiedeten die Erwachsenen einen Plan. Alle fanden, dass Habaris Idee die richtige war, um Nima zu finden. Und schließlich einigte man sich darauf, Nimas Vater davon zu überzeugen, seine Tochter selbst entscheiden zu lassen, bei welchem Elternteil sie leben wollte.

Gerade waren sie fertig, da flog die Tür auf. Herein marschierte Herr Gabriel.
„Wir wissen, wo sie ist!“, berichtete er. „Die Ortung hat funktioniert. Wir können sie in einer Stunde wieder hier haben. Sollen wir loslegen, Chefin?“
Zu Gabriels Erstaunen antwortete Frau Emm: „Nein, Gabriel, lassen Sie mal. Wir haben etwas anderes vor.“
„Was haben Sie denn vor?“ Herr Gabriel war gespannt, was Eva Emm, Hanna Inemann, Herr Polle und Frau Oz ausgebrütet hatten. Und dann war da auch noch Habari. *Merkwürdig,* dachte er, aber schon bekam er eine Antwort.
„Tja, manchmal ist es besser, nicht zu ermitteln, sondern zu begleiten“, meinte Eva Emm. „Wir werden Nima gewähren lassen.“
„Ge… was?“ Gabriel verstand nichts.
„Wir werden das Mädchen beobachten. Ganz genau verfolgen, wo sie sich aufhält, und sie sozusagen begleiten. Wir meinen, dass sie Zeit für sich selbst braucht. Wenn alles geregelt ist, wird sie zurückkommen.“ Frau Emm atmete tief durch, stand auf und ging zum Fenster.
„Hoffentlich geht das gut!“, murmelte Herr Gabriel.
„Wir können sie doch allein durch die Handyortung nicht vollständig im Auge behalten.“
„Natürlich nicht, wir werden sie zusätzlich beobachten“, mischte sich Habari ein.

„Na, da sind Sie ja wohl die Richtige!“, maulte der Polizist. „Sie machen ja nichts anderes, als Leute zu beobachten!“ Wütend drehte er sich weg.
„Frau Habari ist genau die Richtige dafür, jawohl! Sie weiß nämlich, wie einer Mutter zumute ist, die ihr Kind vermisst!“ Johanna Oz war aufgesprungen und baute sich vor dem Polizisten auf. „Und Sie werden mitmachen!“ Dabei stemmte sie beide Arme in die Hüfte und ihre Augen funkelten. Sie sah aus, als würde sie sich jedem Widerspruch in den Weg stellen.
„Das Wichtigste ist, dass sie heil zurückkommt, darin sind wir uns einig“, stimmte Gabriel zu.
„Außerdem rufen wir jetzt noch jemanden an!“ Ohne auf Herrn Gabriels Antwort zu warten, zog Nimas Mutter ihr Handy aus der Tasche und wählte die Nummer von Lisa Berse. Leise sprach sie mit ihr.
Wenige Minuten später stand auch Frau Berse im Klassenraum, denn sie hatte sich sofort auf den Weg gemacht. Nun wurde sie in den Plan der Erwachsenen eingeweiht. Sie sollte sich darauf vorbereiten, dass Nima im Laden auftauchen könnte, weil ihr die Buchhandlung vertraut war. Kontaktleute der Polizei wurden informiert. Sie halfen bei der Überwachung mit. In Blütenberg standen auch alle auf ihrem Posten. Habari hielt sich in der Nähe von Lisas Laden auf. Herr Gabriel

sauste wie ein geölter Blitz zwischen Bahnhof und dem Buntenbacher Hof hin und her und behielt dabei die Straßen im Blick. Referendar Polle sollte mit Leon die Höhle und den Fietschenwald im Auge behalten.
Nachdem ihre Freunde den Hochsitz verlassen hatten, machte Nima es sich gemütlich. Tagsüber würde niemand hierherkommen, und so war sie erst einmal sicher. Sie kramte in den Taschen von Nikos Jacke und fand Kaugummis, einen kleinen Stein, einen Faden, einen Knopf und einen Zettel mit einer Telefonnummer und der Notiz *Tante Effi,* Bonbons und eine Zugfahrkarte nach Domstadt. Dabei fiel ihr ein, dass Niko oft nach Domstadt zu seiner Patentante Effi fuhr und sie ihn mit dem Auto dann wieder nach Hause brachte. Das war die Idee! Sie würde noch einmal bei Emilio übernachten und dann nach Domstadt abhauen. Dort würde niemand nach ihr suchen. Zur Not hatte sie ja die Telefonnummer von dieser Tante Effi.

Gegen Abend zogen Wolken auf und es wurde kühler. Die untergehende Sonne verwandelte den Himmel in ein rotes Farbenspiel. Als es ganz dunkel geworden war, fielen die ersten Regentropfen.
Nima verließ den Hochsitz und lief durch den Wald zurück zum Buntenbacher Hof. Alles war ruhig.

Noch nicht einmal Fine, der weiß-braune, kurzbeinige Hund bellte, als sie sich dem Stall näherte. Immer wieder blieb Nima stehen, um zu lauschen. Nichts rührte sich. Mittlerweile regnete es stark. Das Mädchen schlich durch den Stalleingang, lief zu den Strohballen und zog ihre Tasche und den Turnbeutel heraus. Zu ihrem Erstaunen kam zusätzlich eine Plastiktüte zum Vorschein, die unter der Tasche versteckt war. *Sara,* dachte Nima, *das ist die allerbeste Freundin der Welt.*

Nima fand in der Tüte einen Becher Schokoladenpudding mit Löffel, ein Käsebrötchen und eine Flasche Apfelsaft. Sie grinste bei dem Gedanken daran, dass ihre Freundin das alles für sie versteckt hatte.

Nima schlüpfte in Emilios Box und verspeiste ihr leckeres Abendessen. Das Pferd schnaubte und rieb seinen Kopf an ihrem Arm.

„Ruhig, Emilio, verrat mich nicht“, flüsterte sie.

Der Regen trommelte gleichmäßig auf das Stalldach. Nima schob etwas Stroh zusammen, kuschelte sich in Emilios Decke und schlief ein. Wilde Träume durchzogen ihren Schlaf. Sie träumte von dem Land, in dem sie aufgewachsen war.

11. Mittwoch: Nima in der Domstadt

Es war noch dunkel, als Nima wach wurde. Das Handy zeigte halb sechs. Zeit zu verschwinden. Nima zupfte sich das Stroh aus dem Haar, umarmte Emilio, stopfte den Turnbeutel in ihre Tasche und schlich aus dem Stall. Der Hof lag still im Morgenlicht. Es regnete immer noch. Nima zog sich Silvios Kappe tief in die Stirn und schlug den Jackenkragen hoch. Fröstelnd wanderte sie quer durch den Wald, an den Hinterseiten der Häuser Blütenbergs vorbei und über den Schleichweg hinter dem Bahndamm zum Bahnhof.

Sechs Mal schlug die Turmuhr. Geschafft! Nima erreichte den Bahnsteig. Nach dem Fahrplan würde der Zug nach Domstadt gleich kommen.
Der Zug fuhr ein und ein paar Fahrgäste stiegen hinein. Die meisten sahen noch ziemlich verschlafen aus.

Hoffentlich hat mich niemand erkannt, dachte Nima und verschwand im ersten Wagen des Zuges. Sie saß einfach nur da und schaute aus dem Fenster. Der Regionalzug hielt an jeder Station. Endlich hörte sie im Lautsprecher: „Nächste Station: Domstadt Hauptbahnhof." Als der Zug hielt, sprang sie auf den

Bahnsteig. Auf dem Bahnhof war unheimlich viel los. Immerzu dröhnten die Ansagen aus den Lautsprechern. Sie konnte die Durchsagen kaum verstehen. Jedenfalls brachten die vielen Menschen und das Dröhnen ihren Kopf ganz durcheinander. Planlos wanderte sie durch die Bahnhofshalle und wusste überhaupt nicht, wohin sie gehen sollte. Irgendwann hatte sie das Gefühl, dass jemand sie ansah. Sie drehte sich um. Ein paar Meter weiter stand ein Junge. Er war etwas größer als sie, aber nicht viel, und er sah so aus, als hätte er sich tagelang nicht gewaschen. Seine Kleider waren schmutzig und zerlöchert. Eigentlich hatte er ein nettes Gesicht, aber sein Blick war unruhig. Nima ging schnell aus der Halle nach draußen, bis hin zu einer breiten Treppe. Sie setzte sich auf eine der unteren Stufen und versuchte, ein wenig Ordnung in ihre Gedanken zu bringen. Aber sie wurde das Gefühl nicht los, dass sie weiter beobachtet wurde.

„Neu hier?“, fragte plötzlich jemand neben ihr.

Sie fuhr zusammen. Nima hatte nicht bemerkt, dass sich der Junge aus der Halle neben sie gesetzt hatte.

„Lass mich in Ruhe!“, zischte sie ihn an, stand auf und ging die Treppe weiter hoch.

Der Junge folgte ihr.

Wütend drehte sie sich um: „Wenn du mich nicht in Ruhe lässt, knall ich dir eine!“

Der Junge grinste, blieb aber etwas zurück. Am

oberen Ende der Treppe sah Nima sich um. Der Junge war verschwunden. Erleichtert atmete sie auf. Sie wanderte um den Dom herum, der auf dem Platz am oberen Ende der Treppe grau und wuchtig bis hoch in den Himmel ragte. Dann sah sie den Künstlern auf dem Domplatz zu, die mit Kreide auf die Bodenplatten malten. Einige vollführten Kunststücke, andere standen einfach nur mit angemalten Gesichtern da und bewegten sich nicht. Es wurde Mittag und Nima bekam Hunger. Sie öffnete ihre Tasche und stellte fest, dass sie kein Geld dabei hatte. Mist! Wo sollte sie nun etwas zu Essen herbekommen? Und überhaupt, was sollte sie bloß tun? Sie kannte sich ja gar nicht aus. Plötzlich wurde sie ganz traurig. Sie kauerte sich neben eine Säule am Fuß des Doms und musste schrecklich weinen.
Da stand auf einmal der Junge wieder neben ihr. In seiner Hand hatte er ein frisches Brötchen. Er hielt es ihr hin. „Hunger?“, fragte er.
Zögernd griff sie nach dem Brötchen, sah ihn an und fragte zurück: „Hat dir das deine Mutter gemacht?“
„Nein.“
Sie nahm das Brötchen und biss herzhaft hinein.
„Wie heißt du?“, fragte sie ihn kauend.
„Jonathan.“
Nima betrachtete den Jungen neugierig.
„Und du? Hast du auch einen Namen?“, fragte er.
„Nima.“

„Wo kommst du her, Nima? Wohnst du irgendwo?“
„In Blütenberg, und du?“
Er sah verlegen auf seine Hände und murmelte: „Nirgends.“
Verwirrt blickte sie ihn an. „Aber jeder wohnt doch irgendwo.“
„Straßenkinder nicht.“
Sie hielt ihm das halb aufgegessene Brötchen hin. „Warum hast du kein Zuhause?“
„Da krieg ich Prügel.“
„Wer macht das?“
Nima erhielt keine Antwort. Sie konnte das nicht glauben. Man konnte doch nicht auf der Straße leben, weil man zu Hause Prügel bekam! Draußen war es kalt und dreckig, und wo sollte man überhaupt schlafen?
Als Jonathan in das halbe Brötchen biss, sah Nima, dass ihm einige Zähne fehlten.
„Was ist mit deinen Zähnen?“
„Rausgehauen“, antwortete der Junge.
„Wer war das?“ Nima sah ihn an. Jonathan erschien ihr traurig, und er sah zerbrechlich aus. Sie bemerkte die dunklen Schatten unter seinen Augen und die mageren Schultern.
„Wer?“, fragte sie noch einmal.
„Ist doch egal, ändert doch nichts“, antwortete er und kickte mit dem Fuß einen Stein weg. „Auf der Straße isses egal, wer dich geschlagen hat.

Du musst nur aufpassen, dass es nicht noch mal passiert."
„Und wie geht das?"
„Weiß nicht … immer aufpassen!"

Sie standen auf und schlenderten eine Weile herum. Der Regen hatte aufgehört, immer noch waren viele Leute unterwegs. Jonathan schaute in Abfallkörbe, ob etwas Essbares darin war. Nima war entsetzt. Auf einmal fand sie ihre eigenen Probleme gar nicht mehr so schlimm. Jonathan tat ihr leid. Immerhin hatte er ihr geholfen, als sie hungrig war. Vielleicht könnte sie ihn mit nach Blütenberg nehmen. Sie konnten sich auch dort weiter verstecken.
„Komm mit nach Blütenberg. Vielleicht kannst du bei uns leben", schlug sie vor.
„Was?"
„Ja, meine Mutter nimmt bestimmt auch zwei Kinder. Das kenne ich so aus Gambia."
„Gambia?"
„Na ja, ich bin halb deutsch und halb afrikanisch …"
„Du bist halb?"
Sie schauten sich an und mussten lachen. Sie lachten und lachten, bis ihnen die Bäuche wehtaten.
„Und wie sollen wir dahin kommen?"
„Mit dem Zug."

„Aber ich habe kein Geld für den Zug. Hast du welches? Wenn sie uns ohne Fahrkarte erwischen, was dann?“ Jonathan blickte sie fragend an.
„Dann müssen wir uns was ausdenken, ich habe auch kein Geld mehr!“ Nima legte die Stirn in Falten. Das tat sie immer, wenn sie nachdachte. Währenddessen gingen sie vor dem Dom auf und ab. Nima dachte an Nikos Tante Effi, aber die würde vielleicht nicht dicht halten und sie verraten. Das konnten sie nicht riskieren.
„Ich hab's!“, rief Nima plötzlich. „Wir verkaufen Blumen!“
„Blumen? Hä?“ Jonathan blickte sie ratlos an.
„Pass auf“, sagte sie, „ich hab in der Bahnhofshalle den Blumenladen gesehen. Die haben bestimmt eine Menge Blumen, die schon zu alt für den Ladenverkauf sind. Ich frage die Verkäuferin.“
„Vergiss es“, unterbrach Jonathan sie. „Ich hab 'ne bessere Idee. Ich brauche was zum Tauschen. Hast du was?“
Nima kramte in ihrer Tasche. „Kaugummi?“
„Okay. Gib her.“
Jonathan tauschte den Kaugummi bei einem Straßenmaler gegen ein Stück hellblaue Kreide. Dann kniete er sich auf die Steinplatten vor dem Dom und begann zu schreiben. Es kam Nima so vor, als wenn er ein ganz anderer wurde, während er schrieb. Leicht und froh.

Auf der Straße lebe ich -
vor Dreck und Hunger klebe ich.
Keine Zähne in dem Mund,
Hände, Füße, Augen wund.
Tanz' ich mit dem Blütenkind,
bin so frei wie Sommerwind.
Ich bin ein Held
und bitte um Geld.

Nima traute ihren Augen nicht. „Du kannst Gedichte schreiben? Wow!“

„Ja, deshalb hat mich mein Stiefvater geschlagen und rausgeworfen. Der kann Gedichte nicht leiden.“

„Er hat dich geschlagen, weil du gut Gedichte schreiben kannst?“

„Ja.“

„Wie gemein!“

„Er schlägt alle, die mehr können als er. Auch meine Mutter.“

„*Sewo**“, fluchte Nima.

* Sewo = Schwein (Wort aus Mandinka, der am weitesten verbreiteten Sprache in Gambia.)

Jonathan fragte nicht, was das Wort bedeutete. Am liebsten dachte er überhaupt nicht über all das nach. Nima zog Silvios Kappe vom Kopf und legte sie neben das Gedicht auf die Straße. Es dauerte nicht lange, bis einige Leute das Gedicht gelesen und Geld in die Kappe geworfen hatten. Nach nur einer Stunde lagen viele Münzen darin. Stolz zählte Jonathan sie. „Das reicht für die Rückfahrt", strahlte er und setzte sich grinsend die Kappe auf. Gemeinsam liefen sie zum Bahnhof, um die Abfahrtszeiten nach Blütenberg nachzusehen.
Sie mussten noch auf den nächsten Zug warten. Deshalb liefen sie weiter bis zum Ende des Bahnhofs, wo sie ungestört reden konnten.

Jonathan erzählte Nima leise von kalten Nächten irgendwo draußen, in denen er sich mit Zeitungspapier zudeckte. „Das wärmt, wenn man keine Decke hat." Von hungrigen Tagen und Nächten, von der Einsamkeit und seiner Angst, entdeckt und zu dem prügelnden Stiefvater zurückgebracht zu werden. Besondere Angst hatte er vor einem Kerl, der immer Geld von den Straßenkindern haben wollte.
„Der wird sehr grob, wenn er mich ohne Geld erwischt." Er sprach über alles, was er erlebt hatte. Auch von seiner Sehnsucht nach einem eigenen Bett und nach regelmäßigem Essen. Früher, als sein

richtiger Vater noch bei der Familie lebte, war es besser. Der war jedoch abgehauen und niemand wusste, wo er steckte.
Nima hörte zu. Sie war fest entschlossen, Jonathan zu helfen. Auf einmal dachte sie an ihre Mutter und bekam Sehnsucht nach ihr. Auf Leons Handy tippte sie eine Nachricht:

Mama, mir geht's gut. Nima.

Sie schaute auf die Bahnhofsuhr.
„Komm, es wird Zeit“, sagte sie zu Jonathan.
Gemeinsam liefen sie schnell zum Bahnhof.

12. Eine Rückkehr mit Hindernissen

Nima hatte keine Lust mehr, die schwere Tasche zu tragen, nahm den Turnbeutel heraus und hängte ihn kurzerhand Jonathan über die Schulter.

„Hier, dann hast du auch eine Tasche“, grinste sie.

Je näher sie dem Bahnsteig kamen, desto nervöser beobachtete Jonathan seine Umgebung. Er schien ununterbrochen in Alarmbereitschaft zu sein. Der Typ mit dem Geld spukte wohl in seinen Gedanken herum und Nima ließ sich von seiner Unruhe anstecken. Sie wollte sich nur noch auf den Zug konzentrieren, den mussten sie unbedingt erwischen. Zielstrebig ging sie auf den Fahrkartenautomaten zu, vor dem eine Schlange von wartenden Fahrgästen stand.

Ohne sich zu Jonathan umzudrehen, sagte sie: „Der nächste Zug nach Blütenberg fährt in zehn Minuten von Gleis 1, das steht auf der Anzeigetafel.“ Sie drehte sich um. Jonathan war verschwunden.

„Jonathan!“, rief sie, aber er war weg. Hinter sich sah sie einen üblen Typen. Das konnte niemand anderes sein als der, der Jonathan das Geld abnehmen wollte. *Er sah genauso aus wie Jonathan ihn beschrieben hatte.* Der Typ hielt weiter Ausschau. Es war ganz klar, dass er jemanden suchte, und Nima wusste auch, wen. Wo war

Jonathan bloß? Endlich war sie an der Reihe. Zitternd zog sie zwei Karten mit Kinderermäßigung.

Nima ging in die Richtung von Gleis 1. Hoffentlich hatte Jonathan gehört, was sie gesagt hatte. Er war immer noch nirgends zu sehen. Der Bahnsteig füllte sich und es wurde immer schwieriger, die Übersicht zu behalten. Der Zug fuhr ein. Nima wartete, bis niemand mehr außer ihr auf dem Gleis stand. Wo war Jonathan nur? Der Schaffner pfiff und die ersten Türen schlossen sich. Die Tür vor ihr stand noch offen. Da hörte sie plötzlich Jonathans Stimme leise, aber deutlich: „Komm schnell!“ Jonathan zog sie mit sich.
Nima schaffte es gerade noch, hinter Jonathan in den Zug zu springen, bevor die Tür zuknallte und der Zug anfuhr. Sie war vor Aufregung schweißgebadet.
„Mann, was soll der Scheiß?“, raunzte sie Jonathan an. Dann sah sie sein leichenblasses Gesicht und die Angst in seinen Augen. Auf dem Bahnsteig rannte der üble Typ hinter dem Zug her, drohend erhob er die Faust. Zum Glück war der Zug schon zu schnell und die Türen fest geschlossen, sodass der Verfolger sie nicht mehr erreichte. Das war knapp! Jonathan war gerade so davongekommen. Insgeheim bewunderte Nima den Straßenjungen, der es geschafft hatte, sich unsichtbar zu machen und den

Zug zu erreichen, bevor sie überhaupt mitbekam, wo er geblieben war.
Der Zug nach Blütenberg hielt an jeder Station. So hatten die Kinder genug Zeit, um über ihre weiteren Pläne zu sprechen. Außerdem schickte Nima ihrer Mutter eine Nachricht und steckte dann das Handy in den Turnbeutel, den Jonathan trug.

Nima erzählte Jonathan von ihren bisherigen Verstecken und auch von den anderen, die sie sich überlegt hatte und zu denen sie als Nächstes gehen wollte. Am besten gefiel dem Jungen die Idee, sich im Keller von Lisa Berses Buchladen zu verstecken.
„Dort könnte ich ganz viel lesen", meinte Jonathan. Er träumte sich lebhaft in die Vorstellung hinein, eine ganze Nacht und vielleicht noch länger im Keller des Buchladens zu verbringen und alle Gedichte zu lesen, die er finden konnte. *Wie viele Gedichte gibt es wohl auf der Welt? Bestimmt eine Million oder so,* dachte er.

„Nächste Station Blütenberg", dröhnte es aus dem Lautsprecher. Fast wäre Nima ausgestiegen, da riss Jonathan sie in den Wagen zurück. Am Bahnsteig standen zwei Polizisten. Einer hielt sogar einen Hund an der Leine.
„Die suchen jemanden", flüsterte der Junge. „Ich kann mir schon denken, wen."

Entsetzt starrten die Kinder aus dem Fenster. „Wir steigen einfach später aus und dann überlegen wir, was wir machen, okay?"
„Okay", murmelte Nima und dachte daran, wie weit es wohl bis zur nächsten Station war. Da kannte sie sich nicht so gut aus.
Als ob Jonathan ihre Gedanken erraten hätte, flüsterte er ihr ins Ohr: „Vergiss nicht, dass du jemanden an deiner Seite hast, der sich auf der Straße auskennt."
Freundschaftlich legte er seinen Arm um Nimas Schultern.

13. DER VERSCHWUNDENE FREUND

„Nächste Station Klingental“, dröhnte es aus dem Lautsprecher.
„Wir müssen aussteigen!“ Nima schnappte sich ihre Tasche und steuerte auf die Ausgangstür zu. Der Gang war voller Leute. Dicht gedrängt standen die Menschen nah beieinander und schoben ihre Koffer Schritt für Schritt weiter. Noch nicht einmal der Schaffner kam durch. Er musste warten, bis der Zug den Bahnhof erreicht hatte und alle ausstiegen. Nima schaute sich nach Jonathan um. Der stand eingeklemmt zwischen ein paar Erwachsenen und kam einfach nicht vorwärts.
„Komm, sonst schaffst du es nicht mehr!“, rief Nima ihrem Freund zu.
Nima wurde nach draußen geschubst. Sie stand auf dem Bahnsteig und Jonathan war immer noch im Zug. Nima rannte zum Fenster. Durch die Scheibe sah sie, wie er versuchte, den Ausgang zu erreichen, aber die hereinströmenden Fahrgäste ließen ihm keine Chance vorwärtszukommen.
Jonathan entdeckte sie, wie sie von draußen zu ihm hereinsah und winkte. Der Zug fuhr an. Er hatte es nicht geschafft und brüllte irgendwas durch das geöffnete Abteilfenster. Das einzige, was sie verstand, war: „… Blütenberg … Lisa …“ Dann war er weg.

Der Zug fuhr aus dem Bahnhof und Jonathan mit ihm.
Nima starrte dem Zug lange nach. Immer weiter entfernten sich die Schlusslichter des letzten Waggons. Aber Nima wusste, Jonathan würde den Weg nach Blütenberg finden. Aber wie kam sie selbst dorthin zurück?

Sie griff nach ihrer Tasche. In der Tasche war Leons Handy. Sie wollte Mama anrufen und … Oh, verflixt, sie hatte das Handy ja in den Turnbeutel gesteckt, und den hatte Jonathan. Die Kappe hatte er auch noch, weil er sie nach dem Geldsammeln vor dem Dom einfach aufgesetzt hatte. Auch das letzte Geld war im Turnbeutel, oder? Nima durchsuchte die Tasche und ihre Hosentaschen. In einer Hosentasche fand sie noch ein Eurostück. Sie drehte die Münze in ihrer Hand. Sollte sie damit anrufen oder sollte sie das Geld lieber als Reserve für Notfälle behalten? Sie entschied sich für Notfälle.

Was hatte Jonathan gerufen? Lisa? Blütenberg?

Was sollte sie jetzt machen? Automatisch griff sie nach dem Anhänger ihrer Kette. Das tat sie immer, wenn sie ratlos war, weil er sie an ihre Oma erinnerte. Oma wusste immer einen Rat. Aber sie griff ins Leere. Oma war weit weg und die Kette auch.

Nima stand auf der Straße vor dem Bahnhof und sie fühlte sich schrecklich allein. Sie bekam eine Riesenwut auf Papa. Der war doch an allem schuld, er sollte sie doch einfach freiwillig dort lassen, wo sie sein wollte. Und vor allem mit dem Geschrei gegen Mama aufhören. Und Leon, der Idiot! Ihr wurde ganz schlecht, wenn sie daran dachte, was der alles gesagt und getan hatte. Der hatte wahrscheinlich keine Ahnung, wie es war, allein zu sein. Sie dachte an die Zeit in Gambia. An die Geborgenheit der langen Abende, an denen die Alten den Kindern Geschichten erzählten. So viele Geschichten, wie es Nächte gab. Oma hatte ihr die Geschichte des Anhängers an ihrer Kette erzählt. *Der Vogel, der das Krokodil gefressen hat,* hieß die Geschichte.

Jonathan hatte sich inzwischen zur Ausgangstür des Zuges vorgearbeitet und hielt den Griff der Tür ganz fest. Diesmal würde er rauskommen. „Nächste Station Wuppsital", rief die Stimme aus dem Lautsprecher. Jonathan stieg schnell aus und umklammerte das Handy, das er in Nimas Turnbeutel gefunden hatte. Er ließ es angeschaltet, weil er die PIN nicht kannte, um es wieder einzuschalten. Einige Polizisten gingen wachsam auf dem Bahnsteig auf und ab.
Kaum war er ausgestiegen, klingelte das Handy. Die Polizisten schauten sich aufmerksam um. Jonathan drückte den Anruf schnell weg. Als er sich umdrehte, sah er, wie einer der Polizisten genau in seine Richtung kam. Das Handy klingelte wieder und der Polizist sah zu ihm hin. Verflixt, die machten eine Handyortung! Logisch, die hatten rausbekommen, dass Nima das Handy bei sich trug und Nachrichten an ihre Mutter schickte. Nun riefen sie die Nummer an, weil sie dachten, dass Nima es bei sich hatte. Jonathan wusste, dass die Polizei das Handy auf jeden Fall orten würde, egal, ob es an- oder ausgeschaltet war. Er ging ein paar Schritte rückwärts und stieß mit einer Frau zusammen.
„Oh, Entschuldigung", murmelte er und stellte sich hinter die Frau. Der Polizist kam jetzt näher. Neben Jonathan stand ein Abfallkorb. Blitzschnell warf er

das Handy hinein und eilte in Richtung Ausgang. Der Polizist ging gerade auf die Frau zu, da klingelte das Handy im Abfallkorb.
Jonathan hörte, wie der Polizist in sein Funkgerät sprach: „Handy gefunden, das Mädchen aber nicht. Sofort die Suche einleiten."
So schnell er konnte, sauste Jonathan durch die Bahnhofshalle auf die Straße. Er lief immer weiter und weiter, bis er zu einer Tankstelle kam. Einige Autos und Lieferwagen standen dort an den Zapfsäulen. Ihm fiel ein Kleinbus mit einem Schild im Fenster auf:
Kinderausflug Klingental.
Klingental, das ist doch die Stadt neben Blütenberg, wo ich nicht aus dem Zug kam. Volltreffer!, dachte Jonathan erleichtert.
Er schlenderte zum Bus hinüber und umrundete ihn ein paar Mal. Als der Fahrer kam, fragte er ihn:
„Das ist doch der Ausflugsbus nach Klingental, oder?"
„Ja, gehörst du zur Ausflugsgruppe dazu?", fragte der Fahrer.
„Ja."
„Warum bist du dann nicht da vorne an der Haltestelle bei den anderen Kindern?"
„Oooch, ich wollte mir schon mal den Bus ansehen."
„Na, Junge, dann setz dich mal rein." Fröhlich zwinkerte der Fahrer dem Jungen zu.

Das ließ Jonathan sich nicht zweimal sagen. Er kletterte in den Bus, ging bis nach hinten durch und setzte sich auf die letzte Bank. Der Bus fuhr zur Haltestelle und die anderen Kinder stiegen ein. Keiner beachtete ihn. Als die Begleiterin alle zählte, bückte Jonathan sich und tat so, als wenn er was vom Boden aufheben wollte. So wurde er für einen Moment von den Sitzlehnen verdeckt und die Begleiterin übersah ihn beim Zählen.

„Alle an Bord“, rief sie dem Fahrer zu. „Wir können losfahren.“

Bergauf und bergab fuhr der Bus die kurvenreiche Strecke nach Klingental.

14. Nimas Rückkehr nach Blütenberg

Während Jonathan mit dem Bus unterwegs war, beschloss Nima, sich zu Fuß auf den Weg zu machen. Von dem Notfall-Euro leistete sie sich ein Päckchen Saft. Dann folgte sie den Schildern in Richtung Blütenberg, immer auf der Hut. Niemand sollte sie entdecken. Strahlender Sonnenschein half ihr ein wenig über ihren Kummer hinweg.

Schnell hatte sie die Stadt hinter sich gelassen und gelangte auf die Waldwege, die hinab ins Tal führten. Unter den Baumkronen war es angenehm kühl und die Sonne warf Lichtflecken auf den weichen Waldboden. Nima kam zum Fluss. Libellen flogen dicht über der Wasseroberfläche und Schmetterlinge tanzten über den blühenden Uferbüschen. Sie ruhte sich eine Weile aus. Dann zog sie weiter, immer am Ufer entlang. Es wurde langsam Abend. Die Sonne malte rote Streifen an den Himmel und Nima sah in der Ferne die ersten Häuser von Blütenberg. Mittlerweile nagte der Hunger heftig in ihrem Bauch und Durst hatte sie auch.

Nima entdeckte eines der Erdbeerfelder, die vor der Stadt lagen. Unter den dichten grünen Blättern leuchteten die roten Beeren. Sie schob sich eine Erdbeere nach der anderen in den Mund. Die

schmeckten so gut und saftig! Das letzte Mal war sie mit Mama hier gewesen. Sie fehlte ihr so, wie sollte sie ihr nur eine Nachricht schicken? Mama machte sich doch immer solche Sorgen. Das Handy war weg, noch eine Nachricht schreiben konnte sie also nicht. Da fiel ihr der Computer im Keller der Buchhandlung von Lisa Berse ein. An ihm durfte sie spielen, wenn Mama im Laden bei Lisa war. Außerdem würde Jonathan doch dort hinkommen. Der Weg zu Lisas Buchhandlung führte durch die Stadt, sie würde vorsichtig sein müssen.
Nima aß noch ein paar Beeren, dann machte sie sich auf den Weg in die Stadt. Einmal sah sie einen Streifenwagen. Schnell versteckte sie sich hinter einem großen Strauch und wartete, bis das Polizeiauto verschwunden war.

Es war bereits dunkel, als sie es endlich bis zur Buchhandlung geschafft hatte. Dort brannte noch Licht. Die Buchhändlerin war eine äußerst fleißige Frau, die oft bis in die Nacht hinein arbeitete. Manchmal war dann der hintere Eingang offen. Nima spähte vorsichtig durch eines der seitlichen Schaufenster. Lisa stand vor einem Regal und räumte Bücher ein. Nima schlich sich zur hinteren Tür und drückte von außen ganz leicht dagegen. Tatsächlich! Die Tür bewegte sich ein wenig, sie war offen. Lisa hob den Kopf und schaute in

Richtung Tür. Hatte sie etwas gemerkt? Nima duckte sich schnell. Lisa ging durch den Raum, öffnete die Tür zur Toilette und verschwand darin. Nima bemerkte nicht, dass die Tür zur Toilette einen Spalt offen blieb.
Und noch etwas hatte Nima im Dunkeln nicht bemerkt. Hinter der gegenüberliegenden Hausecke stand eine Frau mit rotkarierten Hosen, einem hellen Mantel mit großen, dunklen Knöpfen und einer braunkarierten Schirmmütze auf dem Kopf, unter der ein Wust strubbeliger, blonder Haare hervorquoll. Auf ihrer Nasenspitze klemmte eine Lesebrille, über deren Rand sie blickte. In den Händen hielt sie einen kleinen Block, auf den sie etwas schrieb. Dann war sie fort.

Ganz leise öffnete Nima die Hintertür der Buchhandlung. *Bloß kein Geräusch machen,* dachte sie. Sie huschte durch den Ladenraum und schlich die Kellertreppe hinunter. Der Teppich auf den Stufen verschluckte das Geräusch ihrer Schritte. Kaum war sie unten, hörte sie Lisa aus der Toilette kommen. Nima krabbelte unter den großen, runden Tisch, auf dem einige Kisten mit Ware standen. Sie kauerte sich eng zusammen. Hier unten war es dunkel und ziemlich unübersichtlich. Überall standen Kisten und Regale voller Bücher und anderer Sachen, die Lisa oben im Laden verkaufte. Aber – was war das?

Redete Lisa mit sich selbst? Sie war doch allein?
„So, fertig für heute“, sagte die Buchhändlerin und kam die Kellertreppe herunter.
Für einen Augenblick hatte Nima den Eindruck, dass Lisas Schritte auf der Treppe stockten. Sie blieb regungslos unter dem Tisch sitzen. Durch den Schatten der Tischplatte war sie gut versteckt, man konnte sie nicht sehen. Nur ein schmaler Lichtschimmer von der Treppenlampe fiel auf ihre Füße, die sie in der Eile nicht ganz unter den Tisch gezogen hatte. Trotzdem bewegte sich Nima nicht. Vielleicht würde Lisa ihre Füße ja gar nicht sehen. Immerhin standen hier im Lager so viele Sachen herum, dass ihre Füße hoffentlich nicht auffielen. Sie kniff die Augen zu und hielt die Luft an.

Leise atmete Nima auf, als Lisa die Treppe wieder hinaufging. Sie hörte, wie sie den Laden verließ und ihn zuschloss.

15. DAS VERSTECK IM BÜCHERKELLER

Nun war es still in der Buchhandlung. Nach einer Weile traute sich Nima unter dem Tisch hervor. Vorsichtig spähte sie in Richtung Treppe, nichts rührte sich. Es wurde Zeit, sie wollte unbedingt eine Nachricht an Mama schicken. Da drüben, auf dem kleinen Schreibtisch neben der Treppe, stand Lisas Computer. Nima schaltete ihn an und schrieb eine E-Mail:

> Mama, alles gut, bin in Sicherheit. Mach dir keine Sorgen. Ich hab dich lieb! Nima.

Sie schickte die Nachricht ab, stand auf und schaute sich um. Auf der Treppe stand eine Brotdose. Sie sah fast genauso aus wie die Brotdose von Oleg, dem Jungen in ihrer Klasse.

Nima dachte an Jonathan. Der war ein bisschen so wie Oleg, nur dass er Gedichte schrieb, anstatt Geige zu spielen. Wo mochte Jonathan jetzt sein? *Ach, das ist alles so blöd!* Nima drehte sich wütend zum Computer um. Mama hatte schon geantwortet.

Ich hab dich auch lieb. Bitte komm nach Hause. Papa kommt mit dem Flugzeug hierher und dann reden wir über alles. Das hat er versprochen. Deine Mama.
PS: Ich bin bei Frau Inemann, sie hilft uns!

Nima staunte. Mama und Frau Inemann. Das war ja ein Ding. Aber eines stand fest: Sie würde erst nach Hause gehen, wenn Mama und Papa alles in Ordnung gebracht hätten, vorher nicht!

Mama, ich komm nur wieder, wenn Papa geschworen hat, dass ich bei dir bleiben kann. Sonst komm ich nicht! Sag ihm das. Nima.

Die Antwort ließ nicht lange auf sich warten:

Gut. Ich strenge mich sehr an, ja? Bitte bleib in Sicherheit. Bitte! Deine Mama.

So, wie Mama schrieb, hatte sie große Angst, das merkte Nima. Deshalb schrieb sie zurück:

Okay, wenn alles gut ist, komme ich, aber erst dann! Gute Nacht!

Für heute reicht es, dachte sie, und schaltete den Computer aus. Der Bildschirm knisterte kurz, dann war Stille. Gerne wäre sie nach oben in den Laden gegangen, traute sich aber nicht. Lisas Brotdose zog sie aber magisch an. Als Nima die Dose öffnete, strömte ihr der Duft eines leckeren Wurstbrotes entgegen. Daneben lagen eine Möhre, ein paar Nüsse und ein Honigbrot. Hungrig machte sich Nima über die Sachen her. Auch der Saft, der neben der Dose stand, war superlecker. Nur das Honigbrot ließ sie liegen. Ein wenig wunderte sie sich, dass Lisa das Essen hier vergessen hatte. Nach dem Essen fielen ihr fast die Augen zu, so müde war sie. Sie erinnerte sich an Lisas rot-weiß-gestreifte Matratze. Nima krabbelte hinter den Tisch, fand die Matratze und befreite sie von ein paar Kartons, die darauf standen. Sie zog sich einige Kissen und eine Decke aus einem Regal und machte es sich gemütlich.

Kaum hatte Nima sich hingelegt, schlief sie ein. Zuerst schlief sie tief und fest, dann träumte sie. Sie träumte von Domstadt, vom Zug und von Jonathan, wie er es verpasst hatte auszusteigen, von den Erdbeeren und dem Weg nach Blütenberg. Und sie träumte von Leon. Sie träumte, dass er sie

mitten im Schlaf störte, dass er heftig ans Fenster klopfte und „Nima, Nima“ rief. „Halt die Klappe“, schimpfte sie im Schlaf und wurde von ihrer eigenen Stimme wach. Erschrocken fuhr sie hoch. Da klopfte es tatsächlich leise ans Kellerfenster. „Nima, Nima“, rief jemand. Das war Jonathans Stimme. Träumte sie noch oder war das Wirklichkeit?

„Nima, Nima, mach auf!“, rief Jonathan.

„Warte, ich komme!“ Schlaftrunken tapste Nima über die dunkle Treppe nach oben.

Jonathan stand vor dem Schaufenster. Er sah müde aus, aber er strahlte und rief: „Hab dich gefunden!“

Nima zog an der Eingangstür. Sie bewegte sich kein bisschen. Klar, sie war ja auch abgeschlossen. Sie lief durch den Laden zur Hintertür, die sich aber genausowenig bewegte. Da fiel Nima ein, dass Lisa in ihrem Schreibtisch einen Ersatzschlüssel hatte. Sie suchte, fand ihn und schloss damit Jonathan die Tür auf und hinter ihm wieder zu. Danach legte sie den Schlüssel an seinen Platz zurück.

„Komm!“ Nima schob Jonathan die Treppe hinunter in den Keller. Der Junge staunte. So etwas hatte er noch nie gesehen. Ein ganzer Keller voller Bücher. Er aß heißhungrig das Honigbrot auf, trank den Rest Saft und sagte: „Ich werde die ganze Nacht lesen.“

Er erzählte Nima davon, wie er am Bahnsteig das Handy in die Mülltonne geworfen hatte, um nicht von den Polizisten entdeckt zu werden.

Schließlich fiel er vor Erschöpfung wie ein Stein neben Nima auf die Matratze und schlief auf der Stelle ein. Nima deckte ihn zu und schlief genauso tief wie der Straßenjunge, der so spät in der Nacht noch den Weg zur Buchhandlung in Blütenberg gefunden hatte.
So bemerkten beide Kinder nicht, wie später in der Nacht jemand ganz leise die Treppe herunterkam. Das war Lisa. Natürlich hatte sie die Füße von Nima gesehen und natürlich wusste sie, wer sich da bei ihr im Keller versteckte. Sie lugte vorsichtig unter den Tisch und staunte nicht schlecht, dass aus dem einen Kind auf einmal zwei geworden waren. Das gab ihr dann doch ein Rätsel auf, das sie allerdings erst am nächsten Morgen lösen wollte.

16. Donnerstag: Ein Fremder taucht auf

Die Turmuhr schlug. Acht Mal tönte der Glockenschlag durch Blütenberg.

Oleg kam mal wieder zu spät zur Schule. Seine Eltern hatten sich nach der Nachtschicht sofort ins Bett gelegt. Deshalb hatte er wieder mal alleine aufstehen müssen. Aber seine Eltern waren froh, in einer Fabrik Arbeit gefunden zu haben.

Seit sie in Deutschland waren, fühlte Oleg sich einsam. Alle seine Freunde waren in Russland. Er wäre lieber bei ihnen geblieben. Wenn er nach Hause kam, legte er seine Brotdose auf den Tisch und redete mit ihr. Er trug sie immer bei sich, auch in der Schule.

Frau Inemann hatte sich eine Zeit lang aufgeregt, wenn Oleg die Dose auf seinem Tisch liegen ließ. Den ganzen Unterricht lang ließ er sie dort liegen. Irgendwann regte sich Frau Inemann nicht mehr darüber auf. Sie hatte mit Oleg gesprochen: „Warum kannst du deine Brotdose nicht wie alle anderen auch unter den Tisch legen, Oleg? Im Unterricht stört mich das."

Oleg hatte den Blick gesenkt und erst mal nichts sagen können. Dann flüsterte er: „Die Brotdose, die brauch ich da."

„Aber warum?", wollte die Lehrerin wissen.

„Weil die Dose die einzige ist, mit der ich zu Hause reden kann. Sie weiß alles aus der Schule."
Frau Inemann hatte ihn lange angeblickt, ihm auf die Schulter geklopft und gesagt: „Gut, wenn du sonst niemanden zum Reden hast, dann kannst du die Dose auf dem Tisch lassen." Sie machte eine kleine Pause. „Aber vielleicht finden wir ja jemanden, mit dem du dich noch zusätzlich unterhalten kannst, einverstanden?"
Frau Inemann hatte tatsächlich jemanden gefunden, mit dem Oleg sich sehr gut unterhalten konnte. Dieser Jemand war Jonas Polle. Neben seiner Begabung, gut zuzuhören, spielte der junge Referendar mehrere Instrumente und bemerkte, dass Oleg sehr musikalisch war. So lernte Oleg bei Herrn Polle Geige spielen. Seitdem ging es ihm besser. Er stellte die Brotdose nur noch selten auf den Tisch, und er schrieb auch schon mal eine Drei und nicht immer nur eine Fünf in den Tests.
Die Musik tat gut, sie kam ihm vor wie eine schöne Sprache, die jeder verstand. Oleg lernte schnell, mit der Geige umzugehen. Und wenn er mit seiner Stimme klar und sicher die Melodien nachsang, konnte er die Welt um sich herum vergessen. Er träumte davon, einmal selbst Lieder zu komponieren.

Eilig lief er zur Schule. Gerade wollte er seine beliebte Abkürzung über den Hof nehmen und durch die Hintertür ins Schulgebäude schlüpfen, da bemerkte er einen fremden Jungen auf dem Geländer neben der Turnhalle. Als der Fremde ihn sah, rutschte er vom Geländer herunter und verschwand eilig hinter der Hausecke. Oleg ließ seinen Ranzen fallen und lief dem Jungen hinterher. Das war doch die Kappe von Silvio, die er trug. Oleg hatte sie ganz genau in Erinnerung.

Aufgeregt suchte er das Schulgelände ab. Es war umgeben von einem Zaun, da konnte niemand so schnell entwischen. Der fremde Junge musste noch irgendwo sein. Oleg suchte weiter. Plötzlich stand der Fremde vor ihm. Wie aus dem Boden gewachsen stand er da. Er war größer als Oleg.

Ganz ruhig fragte er: „Wie heißt du?"

„Ich? Äh …", stotterte Oleg und starrte auf die Kappe. Es *war* Silvios Kappe.

„Wo hast du die Kappe her?", fragte er.

„Ist meine", antwortete der Fremde.

„Nein! Das ist Silvios, und er hat sie Nima gegeben. Das hat mir Sara erzählt!"

„Nima?", fragte der Große.

„Das ist … das ist meine Freundin", stieß Oleg hervor und sah, wie der andere leicht zusammenzuckte. Da war doch was faul.

„Was hast du mit Nima gemacht? Wo ist sie?" Oleg bebte vor Aufregung. Womöglich war der andere

Junge gefährlich und er hatte Nima ausgeraubt und trug nun Silvios Kappe.
Der Junge kam ein paar Schritte auf ihn zu und stand nun ganz dicht vor ihm.
„Ich ruf die Polizei!", rief Oleg. Er wollte sich umdrehen und in die Schule rennen, da spürte er einen harten Griff um seinen Oberarm. Wie ein Schraubstock hatte die Hand des anderen ihn gepackt.
„Bitte nicht", flüsterte der Fremde.
„Lass mich! Was hast du gemacht?"
Der große Junge schaute Oleg ernst an, lockerte den festen Griff um seinen Arm und fragte: „Du bist wirklich Nimas Freund?"
„Mehr als du!"
„Du würdest ihr auf jeden Fall helfen?"
„Ich – na klar!"
Der Fremde blickte Oleg direkt in die Augen. „Auch, wenn du was geheim halten musst?"
„Warum?"
„Ich helfe ihr, damit sie sich verstecken kann und darum sehe ich mich hier ein wenig um."
Oleg hatte ein mulmiges Gefühl. Er wusste nicht, ob er dem Fremden glauben konnte.
„Ich muss gehen, in die Klasse. Bin zu spät."
„Bitte erzähl niemandem von mir", sagte der fremde Junge. Oleg hatte das Gefühl, dass seine Stimme unsicher klang. Eigentlich machte er einen ganz netten Eindruck. Schnell flitzte Oleg über den

Schulhof, schnappte sich seinen Ranzen und rannte durch die Hintertür ins Gebäude. Bevor er die Treppe hochlief und in den Klassenraum ging, blieb er noch einmal stehen und blickte durch die Glastür zurück. Er konnte kaum glauben, was er da sah. Der Junge kniete auf dem Schulhof und schrieb mit Kreide etwas auf den Boden. Oleg wartete und versuchte, die Worte zu lesen. „Ich bitte euch ..." Was sollte das bedeuten? Oleg rannte nach oben in den Klassenraum.

„Oleg, was ist mit dir los?", fragte Frau Inemann besorgt. „Du bist sehr spät dran."

„Ich hab ihn gesehen!", rief Oleg außer Atem.

„Wen? Setz dich erst mal, und wenn du wieder Luft bekommst, sagst du bitte, was los ist", bat ihn die Lehrerin.

Oleg atmete tief durch. „... der Nima hat!" Er überlegte kurz. „War einer, soooo groß, hat Hände wie Eisen. Und er hatte die Kappe, die Silvio Nima gegeben hat!" Oleg zeigte, wie groß der Junge war und dabei übertrieb er sehr. „Auf dem Schulhof ist ..."

„Ach, ihr habt Nima also getroffen, so, so …", meinte die Lehrerin. Alles Weitere ging in der Aufregung unter.

Die Kinder der Klasse sprangen auf, liefen zum Fenster und schauten nach draußen. Stühle kippten um und Hefte fielen zu Boden. Jeder wollte den

Jungen sehen. Aber sie sahen nur, dass mit hellblauer Kreide etwas auf dem Schulhof geschrieben stand.
Frau Inemann rief mit ihrem Handy den Hausmeister an. Herr Tomasz machte sich nach dem Anruf sofort auf den Weg, um das Gelände um die Turnhalle herum abzusuchen. Die Lehrerin hatte Mühe, die Kinder zu beruhigen. Gemeinsam standen alle am Fenster und lasen, was in großen Buchstaben auf dem Schulhof geschrieben stand.

Ich bitte euch, seht her,
Nima hat es jetzt echt schwer.
Man hat ihr sehr wehgetan,
sodass sie nicht nach Hause kann.
Ich bitte euch sehr,
holt doch ihren Vater her.
Aber der soll friedlich sein,
sonst kommt sie nie mehr heim.
Und ihre Kette braucht sie auch,
das Krokodil im Vogelbauch.
Ein Freund

Frau Inemann bat die Kinder, auf ihre Plätze zurückzugehen. „So, jetzt hört mir mal alle gut zu“, sagte sie. „Und Ruhe bitte! Ich will euch etwas zu Nima sagen!“
Schlagartig waren alle still.

„Nima geht es gut, das wissen wir. Es gibt da draußen niemanden, der Nima etwas getan hat. Offenbar hat sie einen Freund, der ihr hilft."
Ein Gemurmel ging durch die Klasse.
„Und Silvios Kappe?" Oleg war aufgesprungen.
Wieder flüsterten die Kinder aufgeregt miteinander.
„Vielleicht war es ja gar nicht Silvios Kappe", sagte Frau Inemann.
„Doch! Ich hab sie erkannt! Es war seine blau-weiße Kappe mit dem Autogramm drauf." Oleg war knallrot im Gesicht. Vor Aufregung sah er nicht, dass Silvio ihm ein Zeichen machte, er solle still sein.
„Es kann ja auch sein, dass Nima die Kappe jemandem gegeben hat." Das war die Stimme von Leon. Erstaunt blickten ihn alle an.
„Du bist ja schlau!", bemerkte Sara und tippte sich an die Stirn.
„Lass Leon bitte ausreden!", sagte die Lehrerin und ging zu Leon. „Also, was meinst du?"
„Ich meine, dass sie vielleicht jemanden getroffen hat." Er blickte verlegen auf seinen Tisch. „Also, das ist doch besser, als ganz allein zu sein!"
„Ach nee. Was du nicht sagst. Du – du hast doch alles!", spottete Niko.
„Ich mein ja nur." Leon blickte unsicher vor sich auf den Tisch.
Das war komisch. Was war denn mit dem los? Er war viel stiller und nervte auch nicht mehr so wie sonst.

„Rauskriegen, wer das ist …“, rief Oleg, der wieder am Fenster stand. „Mein Lied …“, murmelte er und schaute unverwandt auf das Gedicht auf dem Schulhof. In seinem Kopf ging eine Melodie herum, die zu dem Gedicht auf dem Schulhof passte. Er musste den fremden Jungen finden und mit ihm reden.

17. EINE KLASSE HÄLT ZUSAMMEN

Die Klasse war in Aufruhr und jeder überlegte, was wohl passiert sein könnte.
„Aber Nima will ja gar nicht gefunden werden!" Sara war den Tränen nahe. „Lasst sie doch in Ruhe!"
Plötzlich kam eine ganz leise Stimme aus der hinteren Ecke des Klassenzimmers: „Ich weiß, was sie macht." Es war die Stimme von Emil. Emil, der sonderbare Junge, der sonst nie etwas sagte. Er starrte manchmal stundenlang in das Aquarium und beobachtete die Fische. Er unterhielt sich fast nie mit jemandem. Und wenn, dann sprach er nur sehr leise. „Sie geht dahin, wo sie schon mal war." Emil wandte sich der Lehrerin zu und strahlte. „Das machen die Fische auch so. Sie schwimmen immer an denselben Platz. Gewohnheit nennt man das."

„Da ist was dran." Frau Inemann lächelte Emil an. „Das hast du sehr gut beobachtet, Emil."
Der Junge schaute wieder ins Aquarium und schwieg.

Niko holte tief Luft, wollte etwas sagen, bekam aber von Sofie einen solchen Stoß in die Rippen, dass er nur mit einem „pfffft“ sehr laut wieder ausatmete.

Frau Inemann redete noch eine Weile mit den Kindern. Sie besprachen, wo Nima sein könnte, denn das beschäftigte die Kinder am meisten. Aber die Lehrerin sagte auch, wie ernst die Erwachsenen Nimas Wunsch nahmen, erst alles in Ordnung zu bringen. Manche hatten sich darüber noch gar keine Gedanken gemacht, und manche warfen Leon immer wieder einen bösen Blick zu.

Es wurde unruhig in der Klasse. Ein Zettel wanderte von Hand zu Hand. Das war in Frau Inemanns Klasse nicht üblich. Die Lehrerin hatte mit den Kindern ausgemacht, dass sie sich Briefe schreiben konnten. Aber die Briefe durften nicht im Unterricht herumgereicht werden. Sie wurden nach der Stunde in Umschläge gesteckt, die an der Tür des Klassenschrankes festgeklebt waren. Jeder Schüler hatte einen Briefumschlag mit seinem Namen und Bildern darauf gestaltet. Eigentlich hielt sich auch jeder an die Regel. Aber heute wanderte doch ein Zettel von Hand zu Hand. Jeder las ihn und gab ihn weiter. Alle sahen sich an und nickten. Es war wie eine Verschwörung. Als Letzte bekam Tarja den Zettel in die Hände.

Tarja war ein Mädchen aus Finnland. Sie war noch nicht lange in der Klasse, gehörte aber schon voll dazu. Sie kannte sich schnell sehr gut in der Stadt aus. Es war fast so, als hätte sie schon immer hier gelebt. Und wenn es darum ging, irgendetwas auszurechnen, war sie blitzschnell. Sie las den Zettel und steckte ihn in ihren Mund. Alle starrten sie an. Tatsächlich, sie aß den Zettel auf! Tarja kaute auf dem Papier herum und grinste die Lehrerin an, die ihr gerade den Brief hatte abnehmen wollen.
„Weg ist weg!", schmatzte Tarja, grinste und tat so, als ob sie das Papier herunterschluckte. Die Kinder kugelten sich vor Lachen. Einige fingen an, Papierschnipsel abzureißen und sich in den Mund zu stecken. „Weg ist weg!", riefen sie, aber die meisten spuckten das Papier wieder aus. Keiner verriet, was auf dem Brief gestanden hatte.

Gegen vier Uhr am Nachmittag fiel den Leuten in Blütenberg auf, dass ziemlich viele Kinder unterwegs waren. Sie gingen alle in die gleiche Richtung, und zwar in Richtung Winkelburg.

Einige Kinder schwänzten den Musikunterricht, den Sport, irgendeine Verabredung oder die Nachhilfestunde. Es würde hinterher sicher eine Menge Ärger geben, das war klar. Aber das war ihnen die Sache wert.

Alle hielten sich an die Verabredung auf dem Zettel:

Um 16 Uhr auf der Winkelburgwiese.
Bringt was für Nima mit.

Endlich hatten sich alle eingefunden. Emil war der Letzte, der ankam. Er war einfach immer sehr langsam und sehr leise.
„Jetzt komm schon, Alter! Beweg dich!“ Silvio stand auf, damit auch Emil auf dem Baumstamm sitzen konnte, wo schon andere dicht zusammenhockten.
„Seid doch leise.“ Streng blickte Sara in die Runde. „Wir wollen doch nicht auffallen!“
Die Kinder verstummten. Alle schauten gebannt auf Sara, Sofie, Silvio und Niko, die sich vor der Gruppe aufgebaut hatten.
„Also“, begann Silvio, „wir haben einen Plan.“
„Ja, einen guten Plan!“, rief Niko aufgeregt.
„Sei doch leise, Alter!“ Sofie knuffte Niko wieder unsanft in die Seite.
Niko verzog das Gesicht und maulte Sofie an: „Dreh mal die Augen! Damit du …“
„Leise!“, das war wieder die Stimme von Sara. „Hat jeder was dabei?“
„Klar!“
„Logo!“
„Ja, hier!“

Sara ergriff wieder das Wort: „Also, wir sind ein untrennbares Team, klar?“
„Glasklar!“, riefen alle.
„Uns bringt nix mehr auseinander!“
„Uns bringt nix auseinander!“, brüllten die Kinder.
„Ihr seid Brüllaffen!“, sagte Sara und hielt den Zeigefinger an den Mund. „Und jetzt tut jeder was in die Tasche für Nima, für das geheime Versteck.“
Jedes Kind steckte etwas für Nima in den Beutel, den Sara in den Händen hielt. Sie hatten gesammelt, so wie es auf dem Zettel verabredet worden war. Alles, was Nima für die nächsten Tage gebrauchen konnte, legten sie hinein: Äpfel, Brote, Wasser und Saft, Müsliriegel, Pflaster, Ersatzsocken und sogar einen Comic. Allen wurde bewusst, dass gerade etwas Besonderes passiert war. Sie würden von nun an immer fest zusammenhalten, wenn einer von ihnen Hilfe brauchte.

Oleg und Emil versteckten die Tasche mit den Sachen unter der Wurzel eines Baumes am Hang hinter der Schule. Unter diesem Baum saßen Nima und auch die anderen Kinder gern. Da waren sie unbeobachtet. Oft liefen sie schnell in den Pausen dorthin und teilten ihre Geheimnisse.
„Vielleicht traut sie sich nicht zum Baum, das ist doch viel zu dicht an der Schule“, befürchtete Emil.
„Aber der Fremde, der traut sich“, meinte Oleg und

war sich vollkommen sicher. „Der hat sich ja sogar getraut, das Gedicht auf den Schulhof zu schreiben.“ Oleg ging immer wieder die Melodie im Kopf herum, die ihm durch das Gedicht eingefallen war. Und dabei kam er auf eine Idee. Er würde sich später hierherschleichen und auf den fremden Jungen warten. Er musste ihn unbedingt wiedersehen und herausfinden, wer der Fremde war.

18. DAS TREFFEN: OLEG UND JONATHAN

Die Kirchturmuhr schlug elf. Der vertraute Klang der Glocken tönte durch die ruhig gewordenen Straßen.

Oleg schlich aus dem Hauseingang, bog um die Ecke und huschte aus dem Licht der Laternen in das Dunkel der Grünanlage. Das Gras dämpfte das Geräusch seiner Schritte. Sein Weg führte an der Winkelburg vorbei. Für einen Moment blieb er stehen und lauschte. Dann schlich er weiter bis zum Hang hinter der Schule, wo der große Baum stand. Bevor er auf den unteren dicken Ast des Baumes kletterte, schaute er nach, ob die Tasche für Nima noch da war. Sie lag genau an der Stelle, an der er sie zusammen mit Emil versteckt hatte. Nun wollte er warten, bis der fremde Junge oder sogar Nima die Tasche abholen kam.

Längst waren die zwölf Glockenschläge der Mitternacht verklungen und Oleg wartete immer noch. Langsam kamen ihm Zweifel, ob überhaupt jemand auftauchen würde. Da! Im Busch neben dem Baum knackte es. Es dauerte wieder ziemlich lange, bis der fremde Junge aus dem Busch heraustrat. Wachsam schaute er sich um. Sofort begann Oleg zu singen. Leise und doch fest war seine Stimme.

Er sang die Melodie, die er sich zu dem Gedicht ausgedacht hatte:

Hmmm, hmmm,
ich bitte euch, seht her,
Nima hat es jetzt echt schwer.
Hmmm, hmmm,
man hat ihr sehr wehgetan,
sodass sie nicht nach Hause kann.
Hmmm, hmmm,
ich bitte euch sehr,
holt doch ihren Vater her.
Hmmm, hmmm,
aber der soll friedlich sein,
sonst kommt sie nie mehr heim.
Hmmm, hmmm,
und ihre Kette braucht sie auch,
das Krokodil im Vogelbauch.
Hmmm, hmmm.

Wie versteinert blieb der Fremde unter dem Baum stehen. Er blickte nach oben und sah Oleg auf dem Ast sitzen. Wie von allein sang er mit. Ganz leise. So leise, dass man es fast nicht hören konnte. Da sah Oleg, wie der fremde Junge mit den Tränen kämpfte und sich dann hastig wegdrehte.
Oleg kletterte vom Baum herunter. Schweigend standen die Jungen voreinander, bis der fremde

Junge sagte: „Woher hast du die Melodie für mein Gedicht?"
„Dein Gedicht hat mir die Melodie einfach gegeben."
„Sie ist schön, deine Melodie."
„Dein Gedicht auch."
Die beiden Jungen setzten sich unter den Baum. Lange saßen sie einfach so da.
Dann zog Oleg die Tasche aus dem Versteck, griff hinein und reichte Jonathan einen Schokoriegel mit den Worten: „Ich hatte Angst vor dir, bis du das Gedicht geschrieben hast."
„Und ich hatte Angst vor dir, bis du anfingst zu singen."
„Wie heißt du?"
„Jonathan, und du?"
„Oleg."
Dann wussten sie wieder nicht, was sie sagen sollten.
Jonathan begann Olegs Melodie zu summen, ganz leise.
Spontan sang Oleg mit. Das hörte sich gut an, fanden beide.
„Ich schreib die Gedichte …", murmelte Jonathan.
„Und ich mache die Melodien dazu", antwortete Oleg.
Die Jungen strahlten sich an. „Ja!", sagten sie wie aus einem Mund.
Dann wollte Oleg wissen, wo Nima war. Vorsichtig erzählte Jonathan ein wenig von den letzten Tagen.

Je mehr er erzählte, desto leichter fühlte er sich. *Es ist gut, jemanden zu finden, der zuhört und der einen versteht,* dachte er und war froh, dass Oleg da war.
Es ist gut, dass er da ist, dachte auch Oleg. „Wenn ich weiß, wann Nimas Vater kommt, dann schreibe ich dir eine Nachricht und bringe sie hierher zum Baum, okay?"
„Okay, abgemacht."
Die Jungen verabschiedeten sich. Jonathan nahm die Tasche unter den Arm und versprach Oleg, am nächsten Abend wieder unter dem Baum zu sein.
So heimlich, wie er gekommen war, lief Oleg nach Hause zurück. Er war glücklich. Seine Eltern hatten diese Woche wieder Nachtschicht. Niemand würde erfahren, dass er nachts unterwegs gewesen war.

19. FREITAG: BESUCH AUS AFRIKA

Freitagmorgen warteten Frau Emm und Herr Gabriel am Flughafen auf den Besuch aus Afrika.
„Meinen Sie wirklich, Nimas Vater kommt?“, fragte der Polizist.
„Ich denke schon“, antwortete die Kommissarin. „Habari scheint die richtigen Worte gefunden zu haben, als sie mit dem Vater telefonierte.“
Missmutig brummte der Polizist: „Möchte mal wissen, was die nicht weiß und nicht kann.“
„Die Frau hat eben Erfahrung und ...“, Frau Emm machte eine Pause, bevor sie weitersprach, „... wir haben sie alle unterschätzt, sie ist ganz gut zu gebrauchen.“

Im gleichen Moment rief eine laute Frauenstimme durch die Flughafenhalle. „Haudjika! Vite, vite!"
Verblüfft sahen Herr Gabriel und Frau Emm, wie sich eine alte Frau sehr energisch ihren Weg durch die Menschen in der Flughafenhalle bahnte. Sie schob einen Mann vor sich her, der einen großen Koffer schleppte. Immer wieder rief sie: „Haudjika! Vite!" Die Frau war klein und kugelrund. Sie trug ein sehr buntes Kleid und auf dem Kopf ein noch bunteres, zusammengebundenes Tuch. Sie hatte ebenso wie der Mann dunkle Haut.
Der Mann, den sie zur Eile antrieb und der den großen Koffer schleppte, sah ziemlich schlecht gelaunt aus.
„Na, da sind sie doch, unsere Besucher aus Gambia." Zielstrebig steuerte Herr Gabriel auf die beiden zu.
„Guten Tag, mein Name ist Gabriel, sind Sie der Vater von Nima Oz?", fragte er den Mann.
„Ja, der bin ich", antwortete der Mann aus Afrika unwillig. „Sind Sie das Taxi?"
„Nein, aber ich hole Sie trotzdem ab", antwortete Herr Gabriel.
Frau Emm grinste: „Ein bisschen sehen Sie schon aus wie ein Taxifahrer, Herr Kollege."
Das fand Herr Gabriel gar nicht lustig.
Im Parkhaus half er Nimas Vater, den Koffer ins Auto zu heben und bat die afrikanische Dame, auf

dem Beifahrersitz Platz zu nehmen. Sie war Nimas Oma und redete unaufhörlich auf Herrn Gabriel ein. Allerdings verstand der Polizist kein Wort von dem, was sie sagte. Sie sprach nämlich eine Mischung aus Französisch und Mandinka.
„Was sagt sie?“, wollte Herr Gabriel wissen.
Schnell übersetzte der Vater: „Sie sagt, dass Sie ein gut aussehender Mann sind. Wenn Sie genauso gut Auto fahren, wie sie aussehen, dann sollen Sie mal Gas geben und zusehen, dass Sie in das Dorf kommen, wo Nima wohnt. Sie will nämlich endlich ihre Enkelin wiedersehen und hofft, dass Sie gut auf Nima aufgepasst haben und …“
„Haaaaalt!“, rief Herr Gabriel. „Es reicht!“
Nimas Oma redete ununterbrochen weiter, aber Herr Gabriel hörte nicht mehr zu. Er verstand ja sowieso kein Wort. Frau Emm saß neben Nimas Vater auf dem Rücksitz, lehnte sich zurück und hatte ihre Freude an der alten Dame.
Immer, wenn es um eine Kurve ging, rief Oma Oz: „Uuuuuuhhh!“ und hielt sich die Augen zu.
„Warum macht sie das?“, wollte Frau Emm wissen.
„Sie ist noch niemals mit einem solchen Auto gefahren“, antwortete der Vater.
„Noch nie mit dem Auto gefahren?“
„Nun ja … die Autos bei uns sind in einem anderen Zustand, da geht sie lieber zu Fuß.“

„Aber dann ist sie ja bestimmt auch noch nie geflogen!“
„Richtig, das war aber nicht schlimm. Sie hat die ganze Zeit geschlafen.“
„Geschlafen?“
„Ja, sie hat gesagt, wenn das Land weg ist, dann kann sie auch schlafen, bis es wieder da ist.“
Frau Emm schüttelte sich vor Lachen und Nimas Oma lachte auch, bis das ganze Auto wackelte.
Die Frau ist ein Erdbeben, dachte Herr Gabriel und war froh, als sie endlich in Blütenberg ankamen.

20. DIE LETZTE NACHT: DAS HEIMLICHE TREFFEN

Jonathan wartete schon unter dem Baum, als Oleg endlich eintraf. Aber Oleg war nicht allein, er wurde von Sara begleitet.

„Ist er das?“, fragte Sara, als sie Jonathan erblickte.

„Das ist der Beschützer von Nima, ja.“ Stolz stellte Oleg die beiden einander vor.

„Und Nima?“ Fast hätte Sara alle Vorsicht vergessen und laut gerufen, so aufgeregt war sie. Da trat aus der Dunkelheit der Büsche eine Gestalt hervor: Nima! Trotz ihrer dunklen Haut sah sie blass aus.

Mit einem Aufschrei fiel Sara ihr um den Hals. „Da bist du ja. Ich hatte so Angst um dich!“

Nima umarmte Sara. „Hab dich vermisst.“

„Leise!“, zischte Oleg. „Sara, erzähl, was du gesehen hast.“

Sara berichtete, dass sie ein Polizeiauto gesehen hatte, als es auf den Hof des Stadthotels gefahren war. Drinnen saßen vier Leute: der Polizist, die Kommissarin, ein dunkelhäutiger Mann und eine alte, sehr bunt angezogene afrikanische Frau. Sie waren in das Hotel gegangen und nicht mehr rausgekommen.

„Das war mein Vater!“ Nima sprang auf. „Und OMA!“ Laut überlegte sie: „Aber das kann doch gar nicht sein, Oma fährt doch noch nicht mal mit dem Auto.

Wie soll sie denn hierhergekommen sein?"
„Geflogen?", vermutete Jonathan.
„Aber, aber ..." Nima war ganz aufgeregt.
„Und noch was, Nima", sagte Oleg. „Deine Mutter, Frau Inemann, Frau Berse und die Habari sind etwas später auch ins Hotel gegangen."
„Was?" Nima konnte sich nicht mehr zusammenreißen. Sie sprang auf und wäre am liebsten sofort in Richtung Stadthotel gelaufen.
Jonathan hielt sie zurück. „Die müssen doch erst mal miteinander reden. Vorher darfst du da nicht hin." Er zog Nima behutsam unter den Baum zurück.
In diesem Moment schlug die Turmglocke.
„Verdammt, ich muss nach Hause, bevor meine Eltern noch was merken!" Sara sprang auf. „Komm, Oleg, mach schon!"
Oleg und Sara umarmten Nima und Jonathan.
„Morgen Nacht um die gleiche Zeit!"
„Ja, alles klar!"
Oleg und Sara liefen davon. Wie zwei schnelle Schatten sausten sie durch die nächtlichen Straßen und liefen nach Hause. Blütenberg lag still da, als sei nichts geschehen.

Nima und Jonathan machten sich auf den Weg zum *Buntenbacher Hof*. Sie hatten sich ja vorgenommen, so oft wie möglich das nächtliche Versteck zu wechseln, um ja nicht entdeckt zu werden.

Die letzte Nacht hatten sie noch einmal in Lisas Bücherkeller verbracht. Jonathan war begeistert von den vielen Büchern. Er hatte bis zum Morgengrauen gelesen, was er kriegen konnte. Jetzt wechselten sie wieder das Versteck.
Eine halbe Stunde später ging im Büro des *Buntenbacher Hofs* das Licht aus. Cornelia war mit der Büroarbeit fertig und wollte schlafen gehen, aber irgendetwas stimmte im Pferdestall nicht. Die Tiere stampften unruhig mit den Hufen. Sie ging nach draußen, um nachzuschauen. Emilios Box stand offen. Auf dem Boden in der Box lag ein Junge und rührte sich nicht. Nima kniete neben ihm und rief: „Jonathan, Jonathan, wach doch auf."
Emilio schnaubte nervös, als Cornelia in die Box trat. „Was ist denn hier los?", fragte sie. „Nima, wer ist das?" Sie kniete auch neben dem Jungen nieder, um zu sehen, was mit ihm los war.
„Er ist im Dunkeln vor den Balken gerannt, weil er doch so müde ist. Er hat die ganze letzte Nacht in Lisas Keller gelesen und heute waren wir den Tag über im Fietschenwald unterwegs. Jetzt wacht er einfach nicht mehr auf."
„Mal sehen", sagte Cornelia. Sie zog ein Fläschchen aus der Jackentasche, schraubte den Deckel ab und hielt es mit der Öffnung an Jonathans Nase. Der Junge begann, kräftiger zu atmen, nieste und schlug die Augen auf.

„Na bitte“, meinte Cornelia, „das hat bisher noch jedes Kind wieder aufgeweckt. Aber jetzt sagt ihr beiden mir sofort, was hier los ist.“ Sie schaute Jonathan streng an. „Erstens, wer bist du? Zweitens, was macht ihr hier mitten in der Nacht?“

„Bitte, verrate uns nicht!“, bat Nima.

„Ja, aber nur, wenn ihr mir die Wahrheit sagt!“

„Okay!“ Nima zögerte ein wenig und Cornelia blickte sie ernst an.

„Also, das ist Jonathan. Wir wollten hier übernachten, weil wir Angst hatten, dass schon zu viele Leute wissen, dass wir bei Lisa im Keller übernachtet haben.“

Jonathan hatte sich aufgesetzt. Er hielt sich die Stirn, auf der sich eine dicke Beule gebildet hatte und blickte Cornelia unsicher an.

„Die ist okay“, flüsterte Nima ihm zu.

„Dein Verschwinden hat sich schon in der ganzen Stadt rumgesprochen“, sagte Cornelia. „Ich verstehe dich sogar, Nima. Aber wer ist denn Jonathan?“

Jonathan hielt sich die schmerzende Stirn und ließ Nima antworten.

„Jonathan musste von zu Hause weg. Er lebt auf der Straße.“

„Auf der Straße?“, fragte Cornelia entsetzt.

„Bitte, verraten Sie mich nicht“, murmelte Jonathan.

„Oh, mein Gott, Junge, das tut mir leid.“ Cornelia blickte ihn mitfühlend an und dachte nach. „Mal sehen, mir fällt bestimmt was ein. Jetzt kommt ihr erst mal rein und trinkt was Warmes.“ Sie stand auf, führte die Kinder aus der Box und schloss die Boxentür. Die Pferde beruhigten sich langsam. Dann brachte sie die Kinder ins Haus. Im Wohnzimmer war es schön warm. Cornelia reichte jedem eine kuschelige Decke. Damit setzten sich die beiden Kinder eng nebeneinander auf die Couch. „Wartet mal, ich komme gleich wieder.“ Mit diesen Worten verschwand Cornelia in der Küche. Nach ein paar Minuten kam sie zurück. In den Händen trug sie ein Tablett mit einem Teller voller Brote und zwei Bechern Kakao.

Genussvoll schlürften die Kinder den Kakao und verspeisten heißhungrig die Brote. Nach dem letzten Bissen fielen Jonathan die Augen zu. Lang ausgestreckt schlief er tief und fest auf dem weichen Sofa ein, warm eingepackt in die kuschelige Decke.

„Bitte, Cornelia, bitte verrate ihn nicht. Er soll hierbleiben. Bitte!“ Flehend sah Nima Cornelia an. Die Frau vom *Buntenbacher Hof* antwortete: „Ich helfe euch, Nima. Mir wird schon was einfallen.“

Nima murmelte nur noch: „Danke, Cornelia“, dann fielen auch ihr die Augen zu.

Cornelia saß im Sessel. Sie beobachtete die schlafenden Kinder und überlegte, was sie tun könnte, um ihnen zu helfen. Dann kam ihr die zündende Idee. Sie stand auf und ging zum Telefon. Sie sprach lange und intensiv mit einer Person am anderen Ende der Leitung. Was sie sagte und mit wem sie sprach, behielt sie erst einmal für sich.

21. SAMSTAGMORGEN: EINE ÜBERRASCHUNG UND DIE LEGENDE

Es war Samstag. Heute war keine Schule. Trotzdem hatten sich die Schüler aus der Klasse von Frau Inemann auf dem Schulhof verabredet. Alle waren da, keiner fehlte. Jeder wollte unbedingt mitbekommen, was vor sich ging. Sie hielten fest zusammen. Bis zum Montag dauerte es einfach zu lange, um auf weitere Neuigkeiten zu warten.

Die Kirchturmuhr schlug elf Mal. Oleg knurrte der Magen, er hatte mal wieder nicht gefrühstückt. Seine Eltern schliefen nach der Nachtschicht noch. Er hatte ihnen einen Zettel auf den Küchentisch gelegt: „Bin in der Schule."

Tarja zog einen Müsliriegel aus der Hosentasche und drückte ihn Oleg in die Hand. Von irgendwo wurde ihm ein Päckchen Kakao gereicht. Das war neu. Noch vor einer Woche hätte er wegen seines Magenknurrens höchstens eine blöde Bemerkung gehört. Sogar Leon, der direkt neben ihm stand, hielt den Mund.

Silvio, Niko, Sara und Sofie flüsterten miteinander.

Sara hatte nämlich auf dem Weg zur Schule die Habari entdeckt und gehört, wie sie telefonierte. Zum Schluss hatte sie ins Handy gesprochen: „Alles klar, Cornelia, so machen wir das." Was das wohl bedeutete?

Was die Kinder nicht wussten war, dass Cornelia längst mit Herrn Gabriel und den anderen Erwachsenen zusammen aufpasste.

Mittlerweile war es zwölf Uhr und die Kinder standen immer noch auf dem Schulhof. Da öffnete plötzlich Hausmeister Tomasz die Tür zum Schulgebäude und rief: „Kinder, kommt bitte leise und langsam, einer nach dem anderen, in euren Klassenraum! Ich betone: leise und langsam!"

Die Kinder wären am liebsten losgerannt. Einigen gelang es auch nur unter großer Anstrengung, leise zu sein und nicht zu rennen. Sie spürten alle, dass etwas Besonderes auf sie wartete. Sie betraten den Klassenraum und staunten nicht schlecht. Ganz vorn, wo eigentlich Frau Inemann immer stand, saßen mehrere Erwachsene. Einige kannten sie schon, das waren Hanna Inemann, Jonas Polle, Eva Emm, Gabriel, die Habari, Johanna Oz und Lisa Berse. Außerdem saßen dort ein dunkelhäutiger Mann und eine dunkelhäutige alte Frau. Die Frau war so bunt angezogen, wie es die Kinder noch nie an einer alten Frau gesehen hatten. Stolz aufgerichtet saß

sie auf ihrem Stuhl und schaute sich jeden ganz genau an, der hereinkam. Der Mann neben ihr wirkte sehr ernst und Frau Oz blickte immer wieder zu ihm herüber.

Nachdem die Kinder Platz genommen hatten, ergriff Frau Inemann das Wort und stellte die beiden Besucher aus Gambia vor.
Da hielt es Niko, Silvio, Oleg und Emil nicht mehr auf ihren Plätzen. Sie gingen nach vorn, bauten sich vor Nimas Vater auf und riefen wie aus einem Mund: „Nima soll bleiben!"
Sie riefen das so voller Kraft und Überzeugung, dass Nimas Vater aufstand, sie ansah und sich dann schweigend wieder setzte.
„Uuuuuuuh! Bon!", rief Nimas Oma und sagte noch einen Satz auf Französisch, den niemand verstand.
Niemand außer Odile. Sie beherrschte die Sprache, weil ihre Mutter Französin war. Blitzschnell war sie vorn bei Nimas Oma und rief: „Ich übersetze!" Dann atmete sie tief durch und legte los: „Also, sie möchte wissen, was die Jungen gesagt haben."
Und ehe sonst jemand etwas sagen konnte, übersetzte Odile für Oma Oz.
Daraufhin stand die alte Afrikanerin schwungvoll auf. Sie umarmte die Jungen mit ihren runden Armen, stieß einen Schwall französischer Worte

hervor und plumpste geräuschvoll auf ihren Stuhl zurück.

Plötzlich klopfte es laut an die Tür, die sich dann einen Spaltbreit öffnete. Herr Tomasz schaute herein und fragte: „Jetzt?“
„Ja, jetzt“, antwortete Frau Inemann. Sie ging zur Tür und öffnete sie ganz.
Da hielt es die Kinder nicht mehr auf den Stühlen. Laut jubelnd sprangen sie Nima entgegen, die den Klassenraum betrat. Hinter ihr folgten Jonathan und Cornelia. Cornelia freute sich genauso wie die Kinder.
Oleg rannte auf Jonathan zu und zog ihn mit an seinen Platz.
Nima sah ihren Vater, ihre Mutter und ihre Oma. Mit einem Schrei flog sie ihrer Oma in die Arme.
Johanna Oz lief zu Nima und umarmte sie. Für einen Moment sah es so aus, als wenn sie ihr Kind nie mehr loslassen wollte. Sie lachte und weinte gleichzeitig.
Die alte Dame drückte beide fest an sich, lachte ebenfalls und flüsterte Nima etwas ins Ohr.
„Wirklich, Oma?“, fragte Nima erstaunt und blickte zu ihrem Vater hinüber. „Papa, hast du wirklich ja gesagt?“
Mit leiser Stimme antwortete der Vater: „Ja, Nima. Ich will, dass es dir gut geht. Es ist nicht ganz

das, was ich mir wünsche, aber es ist das Beste für dich."
Nima drückte ihm einen Kuss auf die Wange, warf die Arme in die Luft und rief: „Ich darf bleiben!"
„Nima darf bleiben!", riefen alle Kinder. Sie drängten sich um Nima und hätten sie fast erdrückt.

Da erhob die alte Dame aus Afrika ihre kräftige Stimme. Sie wollte eine Geschichte erzählen, übersetzte Odile. „Mir ist aber wichtig, dass alle die Geschichte sofort verstehen", sagte die Großmutter und fuhr mit gebieterischer Stimme fort: „Deshalb wird Nimas Vater sprechen. Ich habe ihm die Geschichte schon erzählt, als er noch klein war."

Sofort setzten sich alle auf die Tische.
Der Vater stellte sich vor die Klasse, nickte Nimas Großmutter, den Erwachsenen und den Kindern zu und begann.

„Heute ist ein wichtiger Tag. Wieder einmal hat der Vogel über das Krokodil gesiegt", begann er.
Der Vater machte eine Pause, bevor er fortfuhr.
„Wir in Afrika nennen den Tag, an dem der Vogel über das Krokodil siegt, den Tag des Friedens."
Er blickte in die Runde, bevor er weitersprach.
„Der Tag des Friedens ist der wichtigste Tag, den es gibt."

Wieder schaute er in die gebannt lauschenden Kindergesichter und sprach weiter.
„Ich erzähle euch nun die Legende vom Vogel, der das Krokodil gefressen hat.“
„Oh, das Krokodil gefressen?“, fragten die Kinder.
„Ja“, antwortete Nimas Vater. „Hört gut zu, ich beginne.“

22. Die Legende vom Vogel, der das Krokodil gefressen hat

Vor langer Zeit, als die Welt noch anders aussah als heute, lag in der Mitte der Erde ein See. Das klare, hellblaue Gewässer war rund und umgeben von einem flachen, sandigen Ufer. In der Mitte jedoch war der See kalt und dunkel. Dort wohnte ein grünes, riesiges Krokodil. Aus seinem Rücken ragten Zacken aus Horn empor und in seinem Maul wuchsen messerscharfe Zähne.
Die meiste Zeit schlief das Krokodil auf dem Grund des Sees. Aber wenn es aufwachte, schwamm es an die Wasseroberfläche, um zu fressen. Das Krokodil fraß am liebsten Tiere, die zum Trinken an das Ufer kamen. Es schwamm dann unbemerkt dicht an sie heran und schnappte blitzschnell zu. Alle Tiere hatten eine Riesenangst vor dem gefräßigen Ungetüm.

Es gab auch einen Vogel, der am Rand des Sees lebte. Der Vogel hieß Pilgrim. Er hatte ein wunderschönes, glitzerndes Gefieder. Seinen blau schimmernden Kopf zierten drei goldene Federn. Oft ging er auf langen Storchenbeinen am Ufer des Sees auf und ab.
Pilgrim liebte den Frieden. Wenn es Streit gab, dachte er sich etwas zur Versöhnung aus.

Pilgrim hatte schon oft vergeblich versucht, mit dem Krokodil zu sprechen. Aber das Untier lachte ihn nur aus. Deshalb schmiedete Pilgrim einen Plan, um dem Schrecken ein Ende zu bereiten. Er versammelte alle Tiere, die zum Trinken an den See kamen und weihte sie in seinen Plan ein. Er sorgte dafür, dass das Krokodil davon nichts mitbekam.

Anschließend flog Pilgrim weite Kreise über dem See und wartete auf den Moment, in dem das grüne Reptil wieder auftauchte. Endlich erblickte er die spitzen Rückenzacken des Tieres. Sofort rief Pilgrim alle Tiere herbei. Das Krokodil war hoch erfreut, so viele Tiere zu sehen. Es riss seinen Rachen weit auf, um zuzuschnappen. Da stieß Pilgrim einen grellen Warnruf aus, und alle Tiere stoben davon.

Die Füße der davonlaufenden Tiere wirbelten so viel Staub auf, dass eine ganze Wolke davon in dem aufgesperrten Krokodilmaul landete. Das Krokodil bekam sofort einen heftigen Hustenanfall. Prustend schleppte es sich an Land. In seinen Augen brannte der feine Sand, sodass es nichts mehr sehen konnte. Trotzdem schnappte das Ungetüm ununterbrochen nach dem Vogel, der vor seiner Schnauze auf und ab lief. Das gehörte zum Plan. So konnte Pilgrim das Krokodil immer weiter vom See weglocken. Bald blieb das gefräßige Tier im Dickicht der Büsche stecken.

„Bist du nur im Wasser stark?", fragte Pilgrim.
„Lass mich in Ruhe, du blöder Vogel!", schimpfte das Krokodil.
Pilgrim antwortete: „Ich lasse dich in Ruhe, wenn du die Tiere in Ruhe lässt. Sonst sorge ich dafür, dass du nie wieder ins Wasser zurückkommst."
„Hau ab oder ich fresse selbst ein Klappergestell wie dich!" Böse schnappte das Krokodil wieder nach Pilgrim.
Erschrocken schrien einige Tiere auf, die das Geschehen aus sicherer Entfernung beobachteten.
„Oder ich fresse dich", sagte der Vogel mit selbstbewusster Stimme.
„HAHAHA!", brüllte das Krokodil. „Du willst mich fressen, du dämliches, dünnes Federvieh?"
„Ja, ich kann dich fressen."
„Das ist nicht möglich, ich bin der Herrscher der Fressenden. Nimm dich in Acht!", entgegnete das Ungetüm wütend.
„Ich beweise dir das Gegenteil." Stolz lief Pilgrim wieder vor dem bösen Tier auf und ab. Er ließ sich überhaupt nicht einschüchtern.
„Wie willst du das machen, du Gegenteilbeweiser?", schrie das Krokodil.
„Ich lasse dich so klein werden, dass ich dich wie einen Wurm aufpicken kann."
„HAH!", brüllte das Reptil wieder. „Das will ich erleben!"
„Gut, das sollst du", erwiderte der Vogel und

schwang sich schnell in die Luft. Er flog höher und höher. Je höher er flog, desto kleiner sah das Krokodil aus. Es wurde so klein, dass es überhaupt nicht mehr gefährlich aussah.
Pilgrim glaubte an sich, stürzte sich blitzschnell in die Tiefe und fraß das Krokodil wie ein Würmchen auf.
Der Abstand hatte ihm Kraft und Mut gegeben. „Es ist alles eine Frage der Betrachtungsweise", murmelte Pilgrim. In seinem Bauch rumorte das Krokodil noch einen Moment herum, dann war Stille.

Von da an herrschte Frieden am See in der Mitte der Erde. Jeder, der einem anderen etwas antun wollte, wurde sofort daran erinnert, dass er sein Maul lieber hielt und friedlich war.

Nimas Vater blickte in die Kindergesichter. „So ist es auch mit den Menschen. Mit etwas Abstand und Selbstvertrauen sieht die Welt ganz anders aus“, fügte er bedeutungsvoll hinzu. Es war so still, dass man eine Stecknadel hätte fallen hören können.

Niko drehte sich um und sah Leon an. Der saß wie versteinert da. Der Junge wusste, dass jetzt der Augenblick der Wahrheit gekommen war, über den er sich schon so viele Gedanken gemacht hatte. Langsam stand er auf. Mit weichen Knien und klopfendem Herzen ging er nach vorn. Er stellte sich vor Nima, schluckte ein paar Mal und sagte: „Ich hab deine Vogelkette genommen.“
Nima rührte sich nicht. In der Klasse herrschte eisiges Schweigen.
„Ich, also … ich wollte dir sagen, dass … dass …“
Wieder rührte sich Nima nicht einen Millimeter.
„Nima, es … also, es tut mir leid.“ Endlich war es raus. Erleichtert atmete Leon auf.
Nima zog langsam etwas aus ihrer Hosentasche und hielt es Leon hin. „Das ist von dir.“ Sie reichte ihm den kleinen Vogel aus Ton, den Leon für Nima zusammen mit einem Gruß in die Stofftasche gesteckt hatte.

„Ja, der ist von meinem richtigen Opa …“, murmelte Leon.
Wieder herrschte Schweigen, bis Leon weitersprach: „Wenn ich könnte, würde ich dir deinen Anhänger wiedergeben, aber ich habe ihn nicht mehr.“
Da trat Herr Gabriel zu Leon und reichte ihm Nimas Kette. Schnell ergriff Leon Nimas Hand und legte den Anhänger behutsam hinein.
„Warum hast du das gemacht?“, fragte Nima und sah Leon fest in die Augen.
„Ich, … also ich wusste nicht, dass es dir genauso geht wie mir …“
„Wie dir?“
„Das Alleinsein, meine ich. Und ich war so sauer auf dich, weil du so stark bist.“ Beschämt senkte er den Kopf.
Nima blickte ihn lange an. „In Ordnung“, sagte sie nur.
Leon ging zu seinem Platz zurück.
Die Kinder jubelten. Aber ehe das totale Chaos ausbrechen konnte, sorgte Frau Inemann für Ruhe.
„Wir haben ab heute einen Gastschüler. Er heißt Jonathan und er wohnt vorläufig bei Cornelia auf dem Buntenbacher Hof. Jonathan bleibt bei uns in der Klasse, bis geklärt ist, wo er wohnen wird.“
„Warum erst klären?“ Oleg sprang auf. „Er gehört zu uns. Wir machen doch zusammen das Kinderfreiheitslied.“

Er kramte aus seiner Hosentasche einen zerknüllten Zettel, legte ihn auf seinen Tisch, strich ihn glatt und begann mit fester Stimme zu singen:

Ich sing das Kinderfreiheitslied,
wir sind die Kinderstimme, hört uns!

Jonathan stand auf, klopfte im Rhythmus auf Olegs Brotdose und sang mit.

Das ist die Kinderstimme, hört uns,
wir wollen tanzen, singen, lachen,
wir wollen uns're Spiele machen.
Wir sind die Kinderstimme, hört uns,
das Ungerechte stört uns,
wir singen für den Frieden,
den alle Kinder lieben.

Die Kinder waren alle aufgestanden und fingen an mitzusingen. Einige klopften auf ihre Tische, andere sangen nur mit. Aus dem anfänglichen Lärm wurde ein schöner Klang. Die Melodie erfüllte den Raum.

23. DAS ENDE

Einige Zeit später stand auf der ersten Seite der Tageszeitung ein langer Bericht über das Verschwinden und über die Heimkehr eines Kindes. Außerdem war zu lesen, dass der Vater des Kindes eine Legende erzählt hatte, und die ganze Geschichte bei einer Feier in der Schule zu hören sei. Zudem konnte man lesen, dass ein Junge von der Straße, der wunderbare Gedichte schreiben konnte, ein neues Zuhause auf dem *Buntenbacher Hof* gefunden hatte. Ein anderer Junge schreibe Melodien zu den Gedichten. Alle Kinder ihrer Klasse würden das Lied der beiden bei der Feier vorsingen.

Der Artikel in der Zeitung berichtete auch davon, dass die Erwachsenen, die an den Ereignissen beteiligt waren, viel von den Kindern gelernt hätten und alles zu einem guten Ende gekommen war. Über dem Text sah man ein Bild von einem Vogel mit einem Krokodil im Schnabel.

Unter dem Bericht stand in kleinen Buchstaben der Name der Frau, die den Zeitungsbericht geschrieben hatte:

Marie Eff, genannt Habari

Über die Entstehung des Buches

Dieses Buch ist in einer Zusammenarbeit mit Ina Block entstanden. Sie ist Grundschullehrerin und liest seit vielen Jahren Bücher (unter anderem auch Bücher aus der Leseförderung des Rotary-Clubs) mit ihren Klassen. Die Bearbeitung der Bücher erfolgte oft mit Arbeitsblättern, Leserollen, Lernlandkarten, Portfolios u. a.

Ihre letzte Klasse äußerte den Wunsch, dass es einmal ein Buch geben müsste, das sich mit den Problemen beschäftigt, die Kinder im Alltag haben.

Auf Nachfrage der Lehrerin sammelten die Kinder Themen – wie „Mobbing", „neue Kinder aus anderen Ländern", „Ärger mit Eltern", „Erleben von Abenteuern", „Zusammenhalt in der Klasse" ... Auch die Fähigkeit, aus einem Problem heraus Lösungen zu entwickeln, sollte eingebaut werden.

Das war die Geburtsstunde des Buches „Auf der Suche nach Nima". Die Autorin Frau Fenske und Frau Block setzten sich zusammen. Sie überlegten gemeinsam, wie aus den genannten Themen eine Geschichte entstehen könnte. Immer wieder befragten sie die Kinder, ob sie die Ideen, die sich die Erwachsenen ausdachten, überhaupt gut fanden. Die Kinder der Klasse lasen die schon fertigen Kapitel und äußerten sich kritisch, wenn ihnen etwas nicht gefiel. So entstand gemeinsam mit der Klasse 4a und dem „Kinderlektorat“, allen voran Tuana Aramaci und Joel Lammers, dieses Buch. Auch bei den Bildern hatten sie genaue Vorstellungen. Sie fanden eine Mischung aus Fotos und Zeichnungen gut. Jo Hillebrecht, ein Fotograf, fotografierte und kombinierte die Bilder am Computer. Marie Fenske zeichnete die Illustrationen und wurde immer wieder vom „Kinderlektorat“ korrigiert. Sogar Jonathans Gedicht wurde mit hellblauer Kreide von einem Kind auf den Schulhof geschrieben.

So entstand eine Projektarbeit, in der die Kinder einen gleichwertigen Anteil an der Entstehungsgeschichte des Buches einnahmen und in ihre Kompetenzen, zu lesen und kritisch zu beurteilen, hineinwachsen konnten. Sie schufen am Ende mit Stolz „ihr Buch“.

Fotograf

Nach dem Studium für Grafik und Design und der Ausbildung an der Werbeakademie Köln arbeitete Jo Hillebrecht als Freiberufler für verschiedene Werbeagenturen in Köln. Vier Jahre lang leitete er die Grafikabteilung einer deutschsprachigen Zeitung in Spanien. Nach seiner Rückkehr aus Spanien verlagerte er seinen Arbeitsfokus auf die Fotografie. Hier liegen seine Schwerpunkte in der People- und Eventfotografie.

Jo Hillebrecht
Grafik & Fotografie
Köln
www.orange-color.de

Pädagogische Leitung

Ina Block (geb. Hannemann), Jahrgang 1969, ist Grund-, Haupt- und Realschullehrerin. Sie hat in Zwickau (Sachsen) studiert und in Coburg (Bayern) ihr zweites Staatsexamen absolviert.
Seit 1999 unterrichtet sie an einer Gemeinschaftsgrundschule in Leichlingen (NRW). Frau Block bildet Referendare aus, ist Beauftragte für den DaZ-Unterricht und arbeitet seit vielen Jahren mit Kindern aus ganz unterschiedlichen Ländern zusammen. Differenziertes, strukturiertes, kooperatives und individuelles Arbeiten in offenen Unterrichtssituationen sind ihr sehr wichtig.
In das Literaturprojekt zu dem Buch „Auf der Suche nach Nima“ gingen viele Erfahrungen aus ihrer Unterrichtspraxis ein.
In ihrer Freizeit reist und fotografiert sie gern und treibt Sport.

Autorin/Illustratorin

Marie Fenske wurde am 02.10.1954 in Bad Kreuznach geboren.
Sie besuchte die Dorfschule in Ebernburg. Dort lernten zwei Klassen gleichzeitig in einem Raum. Ihrem Lehrer in der 3. Klasse fiel schon damals auf, dass sie fantasievolle Geschichten schreiben kann. Er sagte: „Die wird mal Schriftstellerin."

Nach der Schule studierte Frau Fenske zunächst Design und Psychologie in Trier.
Sie verdiente sich das Geld für ihr Studium mit Zeichnungen für wissenschaftliche Verlage. Sie arbeitete auch in einer Druckerei, wo sie lernte, mit den Druckmaschinen umzugehen.
Nach Abschluss des Studiums arbeitete sie als Art Direktorin in internationalen Agenturen. Sie entwickelte weltweit Kampagnen, für die sie vom Art Directors Club mit mehreren Awards und Goldmedaillen ausgezeichnet wurde. Für einen Film erhielt sie die Berliner Klappe in Bronze.

Außerdem schreibt, zeichnet und malt sie. Ihre Bilder kann man auch auf verschiedenen Ausstellungen sehen. Sie gestaltet aber auch Räume und Intensivstationen in Krankenhäusern, damit es den Patienten dort besser geht.
An Schulen im Umfeld ihres Wohnortes unterrichtet Frau Fenske auch im Bereich Kunst und bietet Lesungen an.
Bereits mit ihren Comics, den Theo-Heften und den Büchern der Reihe „Kontiki und Casablanca" verzaubert sie Kinder und auch Erwachsene und entführt sie in eine Märchenwelt.
Die Autorin setzte sich schon immer für Kinder ein und half ihnen, sich wohlzufühlen.
In ihrer Freizeit malt und reist sie sehr gern. Sie war schon in Asien, Australien, Afrika und Amerika.

Grünkohlsaurier gibt's doch gar nicht!?

Jaron ist ein richtiger Dino-Experte. Am liebsten spielt er mit seinen Plastik-Sauriern in Papas Grünkohlbeet. Eines Tages taucht eine winzige, giftgrüne, gepanzerte Echse auf. Dieser neue Dino ist lebendig. Die beiden werden Freunde, aber einfach ist das Leben mit dem Dinosaurier nicht. Denn der kleine Saurier wird immer unglücklicher, weil er nicht mehr wächst. Dabei will er doch mindestens so groß wie ein Lkw werden! Mama und Papa aber wollen nichts von einem lebendigen Dinosaurier wissen, seine Freunde lachen ihn aus und dem kleinen Dino geht es immer schlechter … Was soll Jaron tun?

Hardcover ab 8 J., 88 S.
Best.-Nr.: LI113, EUR 4,90
ISBN 978-3-86740-883-7

Kinea – Abenteuer einer Katzenkriegerin (LIMBU)

Die Katzenkriegerin Kinea erhält einen Hilferuf – ein böser Zauberer hat die Nurus, ein friedliches Wichtelvolk, hinters Licht geführt. Jetzt verwandeln sie sich alle in mümmelnde Kaninchen. Nur wenn Kinea es schafft, in wenigen Tagen den Namen des Zauberers herauszufinden, können die Nurus gerettet werden. Eine abenteuerliche Reise beginnt, auf der Kinea nicht nur ungewöhnlichen Menschen und Wesen begegnet, sondern auch einige Hindernisse überwinden muss. Wird sie am Ende der Reise ihr Ziel erreichen und den Zauberer besiegen?

Hardcover ab 10 J., 164 S.
Best.-Nr.: LI117, EUR 11,90
ISBN 978-3-86740-897-4